FÊTE DU CENTENAIRE

DE LA

RÉVOLUTION FRANÇAISE

VALPARAISO

14 JUILLET 1889

VALPARAISO

IMPRIMERIE ET STÉRÉOTYPIE DE LA "LIBRERÍA DEL MERCURIO"

de Tornero Hermanos—Las Heras, 29-A, 29-B, 29-C, 29-D

1889

FÊTE DU CENTENAIRE

DE LA

RÉVOLUTION FRANÇAISE

A VALPARAISO

14 JUILLET 1889

VALPARAISO

IMPRIMERIE ET STÉRÉOTYPIE DE LA "LIBRERÍA DEL MERCURIO"

de Tornero Hermanos—Las Heras, 29-A, 29-B, 29-C, 29-D

1889

COMITÉ D'ORGANISATION

DE LA

FÊTE DU CENTENAIRE

DE LA

RÉVOLUTION FRANÇAISE

À VALPARAISO

Président d'honneur	M.	G. Laffon, consul de France.
Président	"	Louis Guérin.
1.er Vice-Président	"	E. Lacau.
2.ème Vice-Président	"	P. Leboucher.
Trésorier général	"	P. Gabarroche.
Secrétaire général	"	J. Maury.
Secrétaire	"	G. Texier.

MEMBRES:

M. Argain.	M.	J. Jouve.
" Bernain.	"	A. Juppet.
" E. Bobillier.	"	E. Kerbernhard.
" I. Challe.	"	Lacassie.
" E. Chouteau.	"	A. Lalanne.
" Daycart.	"	Lantrès.
" E. Desmartis.	"	R. De la Mahotière.
" P. Desmartis.	"	Schneider.
" L. Despouy.	"	T. Tourrette.
" R. Devès.	"	Trénit.

La Colonie française de Valparaiso a toujours célébré avec un ardent patriotisme la fête nationale du 14 Juillet.

Cette année, centième anniversaire de la prise de la Bastille, centenaire de la Révolution française, elle a voulu donner à la manifestation de ses sentiments républicains et de son amour pour la mère patrie un éclat plus brillant que jamais.

Elle a organisé des fêtes exceptionnelles auxquelles elle a convié le peuple Chilien, qui devait naturellement fraterniser avec elle par ses origines, sa constitution et ses tendances. Aussi a-t-elle trouvé près des autorités du pays toutes les facilités désirables pour mener à bonne fin le programme qu'elle avait dressé, et en même temps toutes les marques d'adhésion, qu'elle était en droit d'espérer.

Qu'Elles reçoivent ici l'expression de notre juste reconnaissance.

D'un autre coté, la Colonie a eu la bonne fortune d'avoir à sa tête un Consul qui s'est bien vite conquis tous les cœurs, et qui a payé de sa personne avec un succès dont on parlera longtemps.

Tout nous a favorisés: la générosité des offrandes pour couvrir les frais de la fête, le zèle des commissaires, l'appui des autorités, et un beau temps exceptionnel.

Le succès a dépassé toutes les espérances et la Colonie française a pu commencer ses réjouissances par la bienfaisance et les terminer par la charité. On s'est diverti comme jamais, on a noblement affirmé ses sentiments patriotiques et on a fait un peu de bien. Précieux résultats qui laisseront d'agréables souvenirs dans tous les cœurs français et chiliens.

Le Comité d'organisation élu par l'assemblée générale de la Colonie a décidé qu'il publierait une brochure contenant tous les détails de la fête. Ne voulant pas être juge et partie dans la cause, il a pensé qu'il n'avait rien de mieux à faire que de publier tels quels les comptes rendus des journaux du pays, traduits fidèlement en français, et les discours qui ont été prononcés. De cette manière il présente à ceux qui liront ces pages une appréciation tout à fait impartiale.

Puisse-t-il avoir, jusqu'à la fin, justifié la confiance que les Français de Valparaiso ont bien voulu lui accorder.

Valparaiso, 22 Juillet 1889.

LE COMITÉ.

RÉPUBLIQUE FRANÇAISE

FÊTE DU CENTENAIRE

DE LA
RÉVOLUTION FRANÇAISE

14 JUILLET 1889.

VALPARAISO

PROGRAMME:

13 JUILLET

REPRÉSENTATION AU THÉATRE DE LA VICTORIA

À 8 HEURES PRÉCISES.

14 JUILLET

Distribution de secours aux français nécessiteux, dans le quartier des pompes françaises, à 8 heures du matin.

À 10 heures.—Visite à Mr. le Consul de France par le comité d'organisation de la Fête et les membres de la Colonie française qui désireront s'y joindre.

(Réunion au Cercle Français à 9 h. ½)

À 11 heures.—Banquet de la Colonie Française dans le salon de la Société Philharmonique.

À 1 heure.—Bal d'Enfants au Théâtre National.

À 7 heures ½.—Feu d'Artifice sur la Place Sotomayor.

TOUR EIFFEL

À 9 heures.—Bal de la Colonie Française dans le salon de la Société Philharmonique.

(Il y aura des voitures gratis pour la sortie du Bal à partir de minuit).

DIMANCHE, 14 JUILLET

FÊTE DE JOUR AU PARC MUNICIPAL

JEUX ET DIVERTISSEMENTS DE TOUTE SORTE

MUSIQUES MILITAIRES.

(LES PORTES S'OUVRIRONT À MIDI).

TÉATRO DE LA VICTORIA

SAMEDI, 13 JUILLET

PROGRAMME DE LA REPRÉSENTATION

1.ère PARTIE:

1. Hymne national chilien   Orchestre
2. La Marseillaise { 1.ère Strophe,   Chœur d'homes
               { 2.ème Strophe,   Chœur d'enfants
3. Allocution Patriotique   Mr. E. Chouteau
4. La Marseillaise, 3.me Strophe,
5. Discours prononcé par   Mr. E. de la Barra
6. La Marseillaise, dernière Strophe,

APOTHÉOSE

2.me PARTIE:

1. Ouverture par l'Orchestre
2. DOÑA JUANITA, 2.ème Acte   Par la Compagnie
                                Jarques

3.me PARTIE:

1. Ouverture par l'Orchestre.
2. La FILLE DU RÉGIMENT, dernier acte,   Par la Compagnie
                                Jarques

NOTA.—Les portes s'ouvriront à 7 h. et la Répresentation commencera à 8 h. précises.

COMPTES RENDUS DES JOURNAUX

"EL MERCURIO"

(15 DE JULIO DE 1889).

LAS FIESTAS FRANCESAS se han llevado a cabo con toda felicidad y con mucho entusiasmo, no solo de parte de la Colonia francesa de Valparaiso, sino de todos los chilenos que han tomado parte en ellas de una manera mas o menos directa.

El tiempo mismo ha contribuido con la suavidad de su temperatura, especialmente anoche, que no pudo ser mas aparente para los fuegos.

Pero ántes de seguir adelante daremos cuenta, aunque a la lijera, de las fiestas en el órden que se verificaron.

LA FUNCION TEATRAL.

Al levantarse el telon, el teatro de la Victoria se hallaba completamente ocupado en todas sus localidades con una de las mas preciosas y animadas concurrencias.

La funcion se inauguró, conforme al programa, con nuestro himno nacional tocado por la orquesta, y en seguida se cantó la Marsellesa por un coro de caballeros, agregándose luego algunos niños y por último cantando una estrofa el tenor señor Hernandez.

La apoteósis fué de un efecto grandioso porque el cuadro artístico de la Marsellesa habia sido arreglado con mucho acierto en todos sus detalles, ofreciendo a la vista un conjunto admirable por su colorido y la distribucion y actitudes de las figuras. El público aplaudió mucho esta obra de arte y de plástica, cuya idea ha sido mui feliz.

No menos entusiasmo despertaron los discursos de los señores Eujenio Chouteau y Cárlos A. Rodriguez; el primero pronunciado en francés y el segundo leido en castellano, pues apenas tuvo su autor tiempo de escribirlo, porque es sabido que a última hora se supo que el señor de la Barra no podia concurrir a la fiesta por el mal estado de su salud.

Por separado publicamos la oda del señor Chouteau, y sentimos no poder hacer lo mismo con el discurso del señor Rodriguez, que no hemos podido obtener.

Siguió despues la funcion teatral, el segundo acto de *Doña Juanita* y *La Gran Via*, que por la esmerada ejecucion, su música alegre, sus escenas graciosas y de movimiento, mantuvieron al público en constante alegría, tributándose a los artistas y coros los aplausos a que se habian hecho acreedores.

La concurrencia se retiró del teatro mui contenta y sobre todo a mui buena hora, lo que no siempre sucede en funciones de esta clase.

EL BANQUETE.

El que dió ayer la Colonia francesa ha sido una de las fiestas que ha dejado mas agradable impresion, tanto entre los chilenos como entre los franceses, segun lo hemos sabido por varios de los que concurrieron, uno de ellos el que por encargo nuestro nos ha proporcionado los siguientes datos:

"Bajo todos conceptos fué digno de su objeto el banquete que tuvo lugar ayer en la Filarmónica.

La sala se hallaba elegantemente adornada con el gusto peculiar de los franceses.

En el fondo se veía el busto de la libertad rodeado de las banderas francesa y chilena y realzado por una cantidad de maceteros de flores escojidas.

La banda de música de la policía amenizaba el banquete.

A las 11 A. M. en punto se presentó el señor Intendente acompañado de los contra-almirantes señores Uribe y Viel, del diputado por Valparaiso, don Luis F. Puelma, de don Luis Castillo, de los señores municipales, jueces y todas las principales autoridades de Valparaiso.

El banquete, servido por los señores Lagrave y Clavel, sucesores de Mme. Quenstel, no dejó que desear.

La torre de Eiffel descollaba en la mesa, y fué menester hacerla cambiar de lugar para que los oradores que despues usaron de la palabra pudieran dejarse ver.

Despues de destapadas las primeras botellas de champaña, tomó la palabra el señor Guérin, presidente de la fiesta, quien en un discurso mui aplaudido, pronunció la mitad en francés y la otra mitad en español, ofreció el banquete.

El señor Lacau, vice-presidente, habló en español con mucha elocuencia haciendo el elojio de la República de Chile.

El señor Intendente contestó con mucha oportunidad a los oradores que le precedieron en el uso de la palabra.

El doctor Bobillier se levantó en seguida y pronunció un hermoso discurso.

El señor Laffon, cónsul francés, fué estrepitosamente aplaudido, siendo su discurso una pájina admirable y conmovedora de la revolucion francesa.

El contra-almirante don Oscar Viel fué escuchado con agrado, y ciertos pasajes de su discurso arrancaron calorosos aplausos a los asistentes al banquete.

El coronel señor Villagran brindó por el ejército francés, siendo vivado con mucho entusiasmo por los franceses.

El señor Roman Guzman, en un lenguaje digno y mesurado, rindió homenaje a la revolucion francesa.

El señor contra-almirante Uribe, con su palabra fácil y simpática, se conquistó las simpatías de los franceses.

El señor Izquierdo, cronista de LA PATRIA, fué tambien mui aplaudido.

M. Maury pronunció un discurso que hace honor a la Francia y a sus hijos. Fué objeto de merecidos y repetidos aplausos.

Don Luis F. Puelma fué el verdadero intérprete de los liberales de Chile al hablar de la revolucion francesa.

Don Cárlos A. Rodriguez improvisó un discurso oportu-

no mezclándolo de espresiones francesas que habia oido
durante su permanencia en Francia. Inútil es decir que
los franceses celebraron con entusiasmo esos recuerdos.

El señor R. Ponce de Leon brindó en frances y llamó la
atención de los hijos de la Francia por esta circunstancia
y por su discurso.

A última hora el señor contra-almirante Williams Rebolledo envió al señor Cónsul francés una tarjeta de adhesion lamentando no poder asistir al banquete.

Inútil nos parece decir que en esta fiesta reinó tanta ar-
monía como entusiasmo y verdadera fraternidad, dejando
en todos la mas grata impresion.

EL BAILE DE LOS NIÑOS.

Esta fiesta, que es de las mas simpáticas y que mas entusiasmo despiertan en las familias, ha sido este año mui
concurrida, mui bien ordenada y con un éxito superior a
las de los años anteriores. Como nunca asistieron niños
vestidos de fantasía, y como nunca tambien se han esme-
rado en elegancia, lujo y buen gusto.

Aunque se tomó la precaucion de mantener despejada
de espectadores la gran sala del Nacional, casi era estre-
cha para los niños cuando llegaba la hora del baile. ¡Y
cómo se recreaba la vista viendo aquel enjambre de cria-
turas entregadas a los goces de la danza y de la alegría!
Tenian sus no menos deliciosos intermedios de títeres y de
refresco con dulces, aparte de los juguetes que se les habia
obsequiado a la entrada.

Pero falta saber si ellos gozaron mas que las mamás y
papás, lo mismo que todas las familias que, no cabiendo en
los palcos, se habian apoderado del anfiteatro y de la ga-
lería, que casi llenaron, viéndose estas localidades mui
honradas por hermosas damas que talvez no pensaron
nunca tener que subir tanto para llegar a ese paraíso.

A pesar, de la inmensa concurrencia, la fiesta terminó,
como había empezado; en medio del mayor órden, sin que
hayan tenido motivo alguno de queja ni los niños ni los
grandes, porque todos estuvieron con comodidad gracias a
las buenas medidas tomadas por los comisionados.

LOS FUEGOS ARTIFICIALES

Esta fué la gran fiesta popular, la que tanto atractivo ofrecia por la gran pieza que iba a quemarse, la torre de Eiffel.

Antes de la hora señalada ya la plaza Sotomayor estaba completamente llena de jente, y no sabemos cómo han podido penetrar a ella los que iban llegando despues. Es verdad que la jente se estrechaba, se oprimia cada vez mas, al estremo de convertirse al fin en una masa compacta, en medio de la cual uno se hallaba como embutido.

Nunca hemos visto en los fuegos una concurrencia igual. Puede decirse que Valparaiso entero se habia reunido en dicha plaza, siendo imposible calcular el número, como no se haga una operacion aritmética despues de medir el local. Y aun así no seria exacto, porque habian muchos en las boca-calles y no pocos se quedaron sin ver nada, escepto los voladores.

En cuanto a los fuegos, debemos decir en honor del pirotécnico, que fueron dignos del entusiasmo que el público habia manifestado por verlos. Todas las piezas principales llamaron mucho la atencion por su importancia y por la felicidad con que fueron prendidas; pero la de la torre de Eiffel, por mas ilusion que de ella se hubiese formado el público, causó gran sensacion en aquel mar de jente que la rodeaba, primero al ver la rapidez con que el fuego corrió hasta la cúspide y luego al contemplarla iluminada, ofreciendo un espectáculo a la vez imponente y bello. No hemos visto nada igual ni parecido en su clase, y despues de esto uno comprende que se hayan tomado tanto trabajo para formar el andamio. El pirotécnico ha sabido, pues, hacer honor a la gran obra de Eiffel y ha correspondido perfectamente a la confianza que la comision de las fiestas depositó en él.

Olvidábamos decir que antes de prenderle fuego subieron tres hombres a la torre, tal vez en prevision de que se cortase la guia, y que uno de ellos, colocado en la misma cúspide, al lado de la bandera chilena, fué el primero en lanzar vivas y estender el brazo en los momentos que el fuego llegaba hasta él.

Terminados los fuegos antes de las ocho y media, la gran concurrencia se esparció en retirada por todas las calles; pero a las diez y media de la noche todavía pasaban para el Almendral los carros completamente llenos. Muchos habian tenido, pues, la paciencia de esperar carritos durante dos horas.

EL BAILE.

El baile dado anoche en la Filarmónica fué un digno fin de las fiestas por el órden y entusiasmo que reinó en él.

(23 DE JULIO DE 1889).

LA COLONIA FRANCESA

Deseando corresponder a las atenciones y facilidades que le han sido dispensadas para organizar sus fiestas del centenario, y aunque no ha terminado aun la liquidacion de las cuentas de la *kermesse*, ha votado desde luego en la reunion celebrada anoche por el comité, la suma de 1,000 pesos para el Hospital de Caridad.

Oportunamente se publicará el resultado de esta última fiesta y lo que el comité piensa destinar a la Sociedad de Beneficencia Francesa.

Por nuestra parte nos anticipamos a dar las gracias a la Colonia francesa por un acto de caridad que tanto la honra y que da una nueva prueba de sus sentimientos jenerosos y fraternales hácia nuestro pais.

(25 DE JULIO DE 1889).

DONATIVO AL HOSPITAL DE CARIDAD.

Entre el presidente del comité de la fiesta del centenario de la revolucion francesa y el primer Alcalde municipal se han cambiado las siguientes comunicaciones con motivo del obsequio hecho al hospital de San Juan de Dios que ya hemos anunciado:

«*Valparaiso, Julio 23 de 1889.*

Señor 1.er Alcalde de la Municipalidad de Valparaiso:

Mui señor mio: A nombre del comité de las fiestas del centenario de la revolucion francesa, tengo el honor de remitir a usted adjunto un cheque núm. 28 de un mil pesos contra el Banco de Valparaiso, para que se sirva usted entregarlo a la administracion del Hospital de Caridad de esta ciudad, conforme con lo que hemos convenido en nuestra entrevista del 22 del presente.

Esta cantidad proviene de la fiesta francesa dada en el parque municipal el 21 del presente, cuyo resultado definitivo ignoramos aun a esta hora.

El saldo del producto de esta fiesta piensa el comité dedicarlo al alivio de la Sociedad de Beneficencia francesa de este puerto, quedando así repartido el resultado de esta fiesta entre dos sociedades que, bajo todos aspectos, merecen el apoyo de la Ilustre Municipalidad y del Comité que lo ha iniciado.

Aprovecho esta oportunidad, señor Alcalde, para reiterar a usted mis agradecimientos por todas las facilidades que nos han sido prestadas por la Ilustre Municipalidad, para la celebracion de nuestras fiestas patrias y para ofrecerme de usted mui atento y seguro servidor.

Louis Guérin,
Presidente.

Valparaiso, Julio 24 de 1889.

He tenido el honor de recibir su atenta carta de ayer y junto con ella el cheque núm. 28 contra el Banco de Valparaiso por un mil pesos, parte del producto de la fiesta que tuvo lugar en el Parque municipal, y que el comité directivo de las fiestas del centenario de la revolucion francesa tiene la jenerosidad de donar al Hospital de San Juan de Dios.

Estos fondos han sido puestos a disposicion del administrador de dicho establecimiento don José Miguel Rodriguez Velasco.

Mui grato me es trasmitir por conducto de usted a sus compatriotas, y especialmente al comité directivo de las fiestas, mis espresiones de la mayor gratitud por el elevado espíritu de desprendimiento con que la Colonia francesa acude al socorro de los necesitados, haciendo que sus fiestas nacionales redunden en beneficio de los establecimientos de caridad.

Sírvase manifestarlo así a los miembros de la Colonia francesa, y aceptar usted las espresiones de mi mas distinguida consideracion.

ALEJO BARRIOS."

"LA PATRIA"
(JULIO 15 DE 1889).

FIESTAS DEL 14 DE JULIO.

EN EL TEATRO DE LA VICTORIA.

La fiesta del sábado llevó al teatro no solo las familias francesas sino tambien muchas de la sociedad porteña. El coliseo estaba completamente lleno y podria decirse hermosamente lleno.

La primera parte de la velada sufrió un cambio a consecuencia de que la salud del señor de la Barra no le permitió pronunciar el discurso que se habia anunciado. En su lugar habló don Cárlos A. Rodriguez. M. Chouteau declamó una oda que reproducimos con mucho gusto en seguida.

La apoteósis con que terminó el primer acto, era una copia con figuras vivas de uno de los inimitables dibujos de Gustavo Doré.

En la segunda y tercera parte de la fiesta, subieron a la escena el 2.º acto de *Doña Juanita* y la *Gran Via*, cantadas una y otra con cierto esmero por la Compañía Jarques.

EL BANQUETE.

El salon de la Sociedad Filarmónica habia sido dispuesto con el buen gusto que ha dominado en todas las fiestas de la Colonia francesa. Con una gran cantidad de arbustos y plantas se habia formado allí una primavera artificial.

De las paredes y entre dos espejos colgaban ramos de flores. En todas partes dominaban los tres colores comunes a la bandera francesa y a la nuestra propia. Un busto en mármol se destacaba en el fondo del salon sobre pabellones enlazados de los dos paises. Debajo habia un escudo en que se leian las iniciales R. F.

Cuatro mesas se estendian paralelamente a lo largo del salon y se unian por sus estremos a una quinta en que estaban colocados los sitios de honor. Pocos minutos despues de las once de la mañana, doscientos cuarenta comensales ocupaban los asientos. A la derecha del presidente de la comision directiva, M. Guérin, se veia al señor cónsul de Francia, M. Laffont, y el señor Intendente de la provincia; a la izquierda el señor diputado de Valparaiso, don Luis F. Puelma, y el primer Alcalde municipal, don Alejo Barrios. En la imposibilidad de apuntar el nombre de todos los honorables caballeros que concurrieron al banquete, nos limitaremos a recordar el de algunas personas estrañas a la Colonia francesa y que habian sido galantemente invitadas por ésta: los alcaldes Riesco y Velasquez, los señores almirantes Viel y Uribe, el superintendente de aduanas señor Villanueva, los jueces señores Moreno, Fóster Recabárren y Guzman, el intendente del ejército señor Vicuña, el administrador de correos señor García Reyes, los comandantes de cuerpos del ejército y cívicos, los secretarios del Intendente señores Munizaga y Villagran, don Cárlos A. Rodriguez, los señores Ramon Ponce de Leon y Luis Izquierdo de la redaccion de El Heraldo y La Patria respectivamente, y talvez otros que no conservamos en la memoria.

El banquete fué servido con un esmero irreprochable. El *menu* lo damos en seguida:

MENU.

HUÎTRES.

POTAGE.

Consommé aux croûtons.

HORS-D'ŒUVRES.

Salade d'anchois, Beurre, Radis, Saucisson, Olives.

POISSON.

Corbine sauce Tartare.

PIÈCES FROIDES.

Galantine truffée.
Jambon d'York à la gelée.
Bastion de Perdreaux en belle-vue.

ENTRÉES.

Petites bouchées parisiennes.
Poulardes à la Godard.
Filet aux petit pois.

RÔTI.

Dinde farcie. | Salade Russe.

ENTREMETS.

Pudding de Cabinet.

DESSERTS.

Pièces montées allégori-
ques. | Bonbons.
Gâteaux assortis. | Café.
Fruits variés. | Thé.
Condés à la crème. | Cigares de la Havane.

Jerez, Sauterne, Bordeaux, Champagne, Liqueurs.

A la hora del champagne, ofreció el banquete, en un discurso en francés, el señor Guérin. En seguida hicieron uso de la palabra, en el órden en que los enumeramos, los siguientes caballeros:

M. Lacau, Vice-Presidente de la Comision Directiva.
Intendente señor Sanchez.
Doctor Bobillier, en castellano.
Cónsul M. Laffont, en francés.
Almirante Viel.
Francisco Villagran.
José R. Guzman.
Almirante Uribe.
Luis Izquierdo.
M. Maury, en francés.
Luis F. Puelma.
C. A. Rodriguez, y
Ramon Ponce de Leon, en francés.

Todos los brindis fueron recibidos en medio de aplausos mas o menos calorosos. M. Laffont, especialmente, supo mantener el interes del auditorio a pesar de la estension que dió al suyo. M. Laffont se manifestó un orador. Sentimos mui de veras no poder publicar por la falta de espacio esa pieza.

M. Guérin puso termino al banquete despues de dar lectura a un telegrama de adhesion de la Colonia francesa de Santiago.

EL BAILE DE LOS NIÑOS.

Del banquete una gran parte de la concurrencia se trasladó al Teatro Nacional. Eran ya las tres de la tarde y la fiesta infantil hacia dos horas que se encontraba en toda su animacion. En la estensa platea del teatro, bailaban una gran cantidad de parejas bulliciosas y risueñas.

Los palcos y los sillones laterales estaban completamente llenos. Tanto bajo este aspecto como por lo que se relaciona con la asistencia de niños y el número y buen gusto de los trajes de fantasía, el baile de este año ha sido el mas brillante que haya dado la Colonia francesa. Sobre todo era de alabar el órden, el admirable órden que habia hasta en el último detalle.

Por poco que se fijara la atencion, era preciso detenerse a cada momento en algun traje caprichoso y elegante. Entre aquellos niños que, anticipando su hora, juegan una vez al año papeles todavía mui distantes, habia jitanos y toreros, marqueses y almirantes, palomas mensajeras y mariposas, ánjeles y diablos. Hubiéramos querido hablar de una que otra de las alegres fisonomías que aun retiene la pupila, mas no tenemos el tiempo suficiente para darnos una tarea tan larga como agradable. Pasemos lijero, pero no tanto que olvidemos decir que ayer mirábamos con una admiracion que toca los límites del asombro, todo lo que promete la hermosa jeneracion femenina que viene en pos de nosotros.

LOS FUEGOS ARTIFICIALES.

Desde mui temprano la poblacion se ponia en movimiento, en una romería interminable de personas, hácia la plaza Rafael Sotomayor en donde a las siete y media de la noche se veia una masa compacta de jente que bien representaria una cifra superior a diez mil. A la luz de los fuegos de artificio que se quemaron a partir desde esa hora, las $7\frac{1}{2}$, se veia en los cerros vecinos grupos mas o menos numerosos de jente. Ha sido esta, pues, la mas popular de todas las fiestas del centenario.

La gran pieza, la torre Eiffel, no solo fué la novedad de la noche sino que será tambien la novedad de mucho tiempo todavía. Hizo el efecto que puede calcularse aquella enorme construccion de fuego de todos colores. Desde la cúspide uno de los arquitectos de esta obra que podria llamarse con razon *luminosa*, saludaba al pueblo mientras la torre ardia.

En un arco de triunfo, se leyó la dedicatoria: *La Colonia francesa al pueblo de Valparaiso.*

EL BAILE.

No podríamos precisar el número de familias que asistieron anoche al baile anual de la Colonia francesa. Pero sin ninguna exajeracion podria decirse que habia mas de setenta parejas, que, obedeciendo a los acordes de la orquesta, se desparramaban por el salon y lo poblaban de trajes claros, de rostros risueños, de miradas y de sonrisas.

Nada tampoco podríamos decir de la alegría de buen tono, de la alegría eminentemente francesa que dominó durante toda la velada. Se tocaron y se bailaron veinte bailes, fuera de los estraordinarios, sin que un solo momento decayera la amimacion.

El *ambigú* fué mui bien servido.

Cuanto puede hacer agradable una velada se reunia para que el baile de ayer dejara en el ánimo de todos vivos recuerdos. Y estamos seguros de que todos habrán de conservar durante mucho tiempo la memoria de esta noche en que, si no todos, muchos han recojido impresiones que no se borran.

"EL HERALDO"

(15 DE JULIO DE 1899).

FIESTAS DEL CENTENARIO DE LA REVOLUCION FRANCESA.

Con un brillo, una esplendidez y un éxito nunca visto, se han llevado a cabo las fiestas organizadas por la Colonia francesa de Valparaiso, para celebrar los grandes hechos realizados hace un siglo.

Al ver el entusiasmo con que chilenos y estranjeros recorrian las calles y tomaban parte en los regocijos de esa colonia, se hubiera dicho que no se trataba de la fiesta de un pueblo que dista del nuestro mas de 4,000 leguas, sino de una celebracion nacional, de un 21 de Mayo o de un 18 de Setiembre.

A esto podemos agregar mas todavía: en algunas partes del programa de las fiestas hubo mucho mas animacion y entusiasmo y se verificaron con mucho mas brillo que los que nuestros ediles organizan en Setiembre o en otro glorioso aniversario; por ejemplo los fuegos artificiales... Pero, no nos adelantemos: vamos por órden.

REPRESENTACION TEATRAL.

Las fiestas comenzaron por una representacion en el Teatro de la Victoria, el sábado 13, a las ocho de la noche.

Desde las siete de la noche comenzaron a llegar al teatro los invitados y los que, no siéndolo, quisieron asistir y tomaron sus localidades, como para las funciones ordinarias.

Minutos antes de las ocho, el teatro estaba completamente lleno; ni una sola localidad desocupada.

Pocas veces se habia visto mas animacion, ni un golpe de vista mas espléndido.

A las ocho en punto se levantó el telon; un coro de franceses entonó con aire marcial la *Marsellesa* que todos los asistentes oyeron de pié.

El intendente de la provincia ocupaba su palco y permaneció en él hasta el fin de la representacion.

Concluida la primera estrofa, comenzó otra cantada por un coro de niños.

Los numerosísimos aplausos que apagaron las últimas notas de la orquesta, duraron muchos minutos y solo fueron interrumpidos por la aparicion en la escena de don Eujenio Chouteau, encargado de pronunciar una patriótica alocucion.

Al bullicio provocado por el entusiasmo que despertó la *Marsellesa* sucedió el mas profundo recojimiento: todos se hacian oidos para no perder una sola palabra de la oda que el señor Chouteau iba a declamar.

Faltos de espacio para analizar la pieza leida, solo diremos que fué magnífica y que produjo estraordinario efecto. Los versos bien cortados, concisos, enérjicos, espresivos, patrióticos, llenos de profundas ideas, eran estrepitosamente aplaudidos al fin de cada estrofa. Y lo merecian, tanto por su belleza como por la presencia del orador en las tablas y su perfecta declamacion.

Concluida la oda, y despues de haberse retirado volvió el señor Chouteau a la escena a pedido jeneral y declamó en español, algunos preciosos versos dedicados a Chile y las beldades femeninas, que tambien fueron estrepitosamente aplaudidos.

Vino despues el canto de la tercera estrofa de la *Marsellesa*, que se tocó y oyó de pié como las anteriores.

El programa anunciaba en seguida un discurso de don Eduardo de la Barra.

A pesar de que los diarios habian anunciado que este caballero no lo pronunciaria por motivos de salud, todo el mundo estrañó no verlo aparecer en la escena, pues casi todos no se habian fijado en ese hecho, anunciado solo con uno o dos dias de anticipacion.

En lugar del señor de la Barra apareció don Cárlos A. Rodriguez, que fué recibido con aplausos, y pronunció un magnífico discurso que fué de jeneral agrado.

Despues del discurso del señor Rodriguez se cantó la última estrofa de la *Marsellesa*, concluyendo con ella la primera parte de la funcion.

La segunda parte se componia de una obertura y del segundo acto de *Doña Juanita*, que fué mui bien representado por los actores de la compañía Jarques. A la Quesada y a la Cifuentes se les regaló dos espléndidos ramos de flores con cintas tricolores. Todos los artistas trabajaron tan bien como de costumbre; Reig estuvo bastante gracioso, pareciendo haber olvidado el mal humor de las funciones pasadas.

En la tercera parte del programa se representó la *Gran Via*, en lugar del último acto de la *Hija de Rejimiento*, que estaba anunciado. Este cambio provino de la enfermedad de la señora Segura que, como anunciamos el sábado, se habia dado un golpe en el Teatro Nacional, imposibilitándose para trabajar esa noche.

No tenemos necesidad de comentar esta pieza; ya hemos dicho otras veces que es una de las que desempeña mejor la compañía. Esa noche estuvo como de costumbre, sino mejor.

Y con esto terminó la funcion teatral del sábado 13 y la primera parte del programa organizado por la Colonia francesa.

BANQUETE.

El dia de ayer, 14 de Julio, amaneció espléndido; un sol brillante, como el que iluminó hace 100 años la toma de la

Bastilla, debia acompañar y dar mayor realce a las fiestas esperadas.

Lo único que vino a nublar un poco los rostros alegres de los paseantes madrugadores fué un articulejo de LA UNION sobre el 14 de Julio, articulillo que fué leido por casualidad, como que no habiendo el domingo otro diario que comprar, muchos se proporcionaron ese, sin pensar en que iban a encontrar en él tan grosera píldora. Pero la impresion desagradable causada por esa lectura (a los que tuvieron paciencia de leerla) no duró mas que el tiempo necesario de imponerse de las pocas noticias que traia y arrojar el diario en seguida.

A las ocho de la mañana se distribuyeron socorros a los franceses pobres en el cuartel de las bombas francesas, por una comision especial.

Poco antes de las diez de la mañana, el comité de organizacion de las fiestas se dirijió a casa del Cónsul frances, M. Laffon, a saludarlo.

En seguida tuvo lugar el banquete preparado en los salones de la Sociedad Filarmónica, que principió a las once de la mañana.

El salon estaba elegante y sencillamente decorado y las mesas que lo llenaban espléndidamente servidas.

En la especie de nicho que hai en el fondo, se habia colocado un busto colosal de la República, coronado por una bandera chilena. Estaba rodeado de árboles y de verdura; cosa que producia risueño y pintoresco aspecto.

En cada cubierto se habia puesto un elegante ramito de flores y una medalla conmemorativa, con el busto de la República francesa en un lado, y un bajo relieve de la torre Eiffel en el otro. Una tarjeta con cantos dorados indicaba a cada invitado su asiento.

La torre Eiffel, de que hemos hablado en dias pasados en un suelto sobre la Dulcería Parisiense, se ostentaba en la mesa central rodeada de banderas francesas y chilenas.

Entre las personas que notamos allí se encontraban el intendente, señor Sanchez, el contra-almirante Uribe, el cónsul francés, M. Laffont, M. Guérin, los jueces Moreno, Fóster Recabárren, Guzman; los señores Puelma, Villanueva, don Luis Izquierdo representante de LA PATRIA, don Ramon Ponce de Leon representante de este diario, don Cárlos A. Rodriguez, don Luis Castillo y otros muchos caballeros cuyos nombres seria largo enumerar.

Llegada la hora de los bríndis, hablaron los siguientes caballeros: Guérin, Lacau, el intendente señor Sanchez, Bobillier, Laffont, Viel, Villagran, Guzman, Uribe, Izquierdo, Maury, Puelma, Rodriguez y Ponce de Leon.

El banquete fué servido como saben hacerlo los señores Lagrave y Clavel, de una manera esquisita, y no dejó nada que desear, tanto por la abundancia de los alimentos como por la calidad y la marca de sus vinos, que era de primer órden.

Por el *menu*, que damos a continuacion se verá que no exajeramos en nuestras apreciaciones.

BAILE DE LOS NIÑOS.

Esta parte del programa del dia fué una de los de mas efecto. Desde las 12 del dia comenzaron a llegar al Teatro Nacional bonitas bandas de chiquitines vestidos a la fantasía de sus mamás. La cantidad de jentes que les seguian y que se agolpaban a su paso era incalculable.

La fiesta comenzó poco despues de la una.

El aspecto que presentaba la platea del teatro, convertida en salon, era feérico, inimajinable. Centenares de pequeños bailarines circulaban codeándose, riendo, contentos como una pascua.

Los trajes eran vistosísimos y tan variados como ricos. Los disfraces escojidos con gusto y arreglados al capricho de la fantasía mas estravagante. Habia toreros, pescadores, napolitanos, manolas, marqueses, revolucionarios, dias, estrellas, banderas chilenas, *pierrots*, polichinelas, bailarinas increibles, turcos, moros, jenerales, campesinos y cuanto disfraz puede inventar la mas rica imajinacion.

Los chiquitines se divertian, como de seguro jamás lo han hecho hasta hoi. Se les repartió toda clase de juguetes; bailaron, cantaron; se les regaló en fin una espléndida representacion de títeres que los hizo reir y gritar hasta mas no poder.

En fin todo aquello concluyó como a las cinco de la tarde, hora en que los alrededores del teatro Nacional estaban llenos de curiosos que esperaban la salida de los niños para gozar con su vista.

Escusado es decir que la alegría se pintaba en los espansivos rostros de tanto feliz chiquitin, que guardarán del dia de ayer un recuerdo imperecedero.

FUEGOS ARTIFICIALES

Estos se habian arreglado en la plaza Rafael Sotomayor y estuvieron espléndidos.

Como a las seis y media de la noche comenzó a desprenderse de los cerros una nube de personas deseosas de ver la *Tour Eiffel* iluminada.

Las calles que se dirijen de los diversos puntos de la ciudad hácia la plaza nombrada parecian rios vivientes. No bastando las veredas, se habia tomado el medio de la calle para caminar mas lijero.

Los carros apenas podian marchar: tal era la cantidad de individuos que vénian en ellos. Cada uno arrastraba por lo menos cien personas que iban allí como sardinas.

De manera que a la hora que los fuegos comenzaron, la plaza no tenia ni el mas pequeño rincon en donde poderse meter. Innumerables personas se quedaron sin poder ver nada.

Hemos dicho que los fuegos estuvieron lucidísimos. En efecto; la torre Eiffel habia despertado un inmenso y merecido entusiasmo, y a fé que lo merecia, pues fué una pieza de sensacion y algo como hasta aquí no se habia visto en Chile. Todo el mundo ha podido verla; así es que seria inútil comenzar a describirla de nuevo. Solo diremos que todo el frente se habia arreglado con fuegos de colores, que a las ocho en punto se encendieron produciendo su conjunto un májico efecto.

En un grande arco de colores pudo leerse esta dedicatoria: *La Colonia francesa al pueblo de Valparaiso*. En el medio, mas o menos de la torre, se veian las letras *R. F.* (República Francesa).

Esta parte de la fiesta concluyó poco despues de las 8 de la noche.

El pueblo de Valparaiso, que en masa habia venido a ver los fuegos artificiales con que lo festejó la Colonia francesa, se retiró complacido y sumamente satisfecho.

Todos vieron la torre Eiffel, sin haber ido a Paris y sin haber gastado un centavo.

EL BAILE.

La última parte de la fiesta de ayer fué el baile dado en los salones de la Filarmónica. A pesar de que estaba anunciado para las nueve no dió principio sino despues de las diez.

Imposible seria decir la cantidad escojida de personas que asistieron. Todas las señoritas que concurrieron se distinguieron por sus sencillos y elegantes trajes, confeccionados con el mas esquisito buen gusto.

Durante el baile reinó la mayor animacion y alegría.

El ambigú fué servido espléndidamente. Los manjares abundaron, lo mismo que los vinos escojidos y toda clase de licores de primer órden.

En fin; el baile se prolongó hasta despues de las cinco de la mañana, habiéndose retirado todos los asistentes con la mejor impresion.

Tal ha sido, narrada a la carrera, la fiesta organizada por la Colonia francesa de Valparaiso para celebrar el primer centenario de la revolucion francesa. Ella dejará un grato recuerdo en Valparaiso.

(JULIO 22 DE 1889).

LA KERMESSE DEL PARQUE MUNICIPAL.

Pocas veces ese poético jardin se habia visto mas poblado de bellas y de elegantes que ayer.

Desde que las puertas se abrieron comenzaron a invadir sus pintorescas avenidas la muchedumbre ansiosa de pasar un buen dia.

Como eran los franceses los que habian organizado esa

fiesta, toda la alta sociedad de Valparaiso, se habia apresurado a darse *rendez-vous* en ese sitio con la seguridad de ser atendida con la mas esquisita atencion y con la mas delicada cortesía.

Y nadie se engañó en sus esperanzas.

Todo el mundo pasó un buen dia, niños, jóvenes, guaguas, amas, papás, mamás, enamorados, etc.

Apesar de ser el dia bastante desfavorable, asistieron cerca de 3,000 personas, quizás mas.

Una de las cosas que llamó especialmente la atencion de los paseantes, fué la rifa de la torre Eiffel, esa obra maestra de dulcería confeccionada en la casa de Lagrave y Clavel, de que hemos hablado en otra parte y que todo el mundo ha podido admirar en las ventanas de ese establecimiento en la calle de Condell.

El favorecido fué don Luis Escobar, que la obtuvo con el número 244.

A los caballeros se les obsequiaba, en la puerta del parque, con hermosos y fragantes ramilletes, que colocaban, orgullosos, en el ojal de sus levitas.

A los niños les fué tan bien como en el baile de fantasía del 14 de Julio. Vimos a muchos salir cargados de juguetes, debidos a su buena suerte, pues eran *sacados* en las *tombolas* organizadas allí.

En resúmen, la fiesta fué espléndida; mui digna de sus intelijentes y hábiles organizadores.

Y con esto se cerraron las diversiones organizadas para celebrar el centenario de la Revolucion francesa, cuyo recuerdo, como dijimos hace dias, quedará por mucho tiempo en la memoria de los que han asistido a ellas.

TRADUCTIONS

"LE MERCURIO."

(Du 15 Juillet 1889.)

LES FÊTES FRANÇAISES.

Les fêtes françaises ont été célébrées avec un grand succès et un grand enthousiasme, non seulement par la Colonie française de Valparaiso, mais par tous les Chiliens qui y ont pris part d'une manière plus ou moins directe.

Le temps même y a contribué par la douceur de la température, surtout dans la soirée d'hier qui ne pouvait pas être plus propice pour le feu d'artifice.

Mais avant d'aller plus loin, nous rendrons compte, quoique à la hâte, des fêtes, dans l'ordre où elles ont lieu.

LA REPRÉSENTATION THÉATRALE

Au lever du rideau, le théâtre de la Victoire se trouvait complètement occupé à toutes les places par un public des plus distingués et des plus enthousiastes.

La représentation a commencé par l'hymne national chilien exécuté par l'orchestre; ensuite un chœur d'hommes a chanté *la Marseillaise*. Il a été suivi d'un chœur d'enfants, et le ténor Hernandez a chanté la dernière strophe.

L'apothéose a produit un effet grandiose dû à ce que le tableau artistique de *la Marseillaise* avait été composé avec beaucoup de talent dans tous ses détails; il offrait un ensemble admirable de coloris, de postures et d'expressions. Le public a beaucoup applaudi cette œuvre d'art et de plastique dont l'idée a été des plus heureuses.

Il y a eu aussi beaucoup d'enthousiasme pour les discours de MM. Eugène Chouteau et Carlos A. Rodriguez, le premier déclamé en français et le second lu en espagnol, vu que son auteur avait eu à peine le temps de l'écrire, car on sait qu'au dernier moment M. De la Barra n'a pas pu assister à la fête pour cause du mauvais état de sa santé.

Nous publions à part l'Ode de M. Chouteau, et nous regrettons de ne pouvoir en faire autant du discours de M. Rodriguez que nous n'avons pu nous procurer.

On a représenté ensuite le deuxième acte de *Doña Juanita* et la *Gran Vía*.

Les assistants se sont retirés très satisfaits et surtout de très bonne heure, ce qui est rare dans les représentations de ce genre.

LE BANQUET

Celui qu'a donné hier la Colonie française a été une des fêtes qui ont laissé la plus agréable impression tant chez les Chiliens que chez les Français, ainsi que nous l'avons su par plusieurs assistants dont l'un avait été chargé par nous de fournir les détails suivants:

Sous tous les points de vue, le banquet donné hier à la Salle Philharmonique a été digne du but qu'on se proposait.

La salle était ornée avec l'élégance et le goût particuliers aux Français.

Au fond on voyait le buste de la Liberté entouré de drapeaux français et chiliens, et rehaussé par une profusion de feuillages et de fleurs rares.

La musique de la police jouait son plus beau répertoire.

A onze heures précises du matin, M. l'intendant s'est présenté, accompagné des contre amiraux Viel et Uribe, du député de Valparaiso Luis F. Puelma, de M. Castillo, du maire et de ses adjoints, des juges et des principales autorités de Valparaiso.

Le banquet servi par MM. Lagrave et Clavel successeurs de Mme Quenstedt, n'a rien laissé à désirer.

La tour Eiffel se dressait sur la table d'honneur, et il a fallu la transporter ailleurs pour que les orateurs qui ont pris la parole pussent être vus des assistants.

—Lorsque sautèrent les premiers bouchons de champagne, M. Guérin, président de la fête, a pris la parole, et dans un discours très applaudi, moitié en français, moitié en espagnol, il a offert le banquet aux invités.

—M. Lacau, vice-président, a parlé en espagnol avec beaucoup d'éloquence; il a fait l'éloge de la République du Chili.

—M. l'Intendant a répondu avec beaucoup d'à-propos aux orateurs qui l'avaient précédé.

—M. le docteur Bobillier s'est levé ensuite et a prononcé une belle et chaude allocution.

—M. Laffon, consul de France a été frénétiquement applaudi. Son discours est une page admirable et émouvante de l'histoire de la Révolution Française.

—Le contre-amiral Oscar Viel a été écouté avec plaisir, et certains passages de son discours ont arraché de chaleureux applaudissements à l'assistance.

—Le colonel Villagran a porté un toast à l'armée française; les Français l'ont acclamé.

—M. Roman Guzman, dans un langage digne et mesuré, a rendu hommage à la Révolution Française.

—Le contre-amiral Uribe, avec sa parole facile et sympathique, s'est conquis les suffrages de l'assistance.

—M. Izquierdo, chroniqueur de *la Patria* a été aussi très applaudi.

M. Maury a prononcé un discours qui fait honneur à la France et à ses enfants. Il a été l'objet d'une longue ovation bien méritée.

—M. Luis F. Puelma a été le véritable interprète du parti liberal chilien en parlant de la Révolution Française.

—M. Carlos A. Rodriguez a improvisé un discours dans lequel il a mêlé avec beaucoup de bonheur des phrases françaises qu'il avait entendues pendant son séjour en

France. Inutile de dire que les Français ont applaudi vigoureusement ces citations.

—M. R. Ponce de Leon a porté un toast en français; il a captivé l'attention des fils de la France par son discours, et par l'idiome dont il s'est servi.

—A la dernière heure, le contre amiral Williams Rebolledo a envoyé à M. le Consul de France une lettre d'adhésion regrettant de ne pouvoir assister au banquet.

Il nous parait inutile de dire que pendant cette fête ont régné la plus parfaite harmonie, le plus grand enthousiasme, et une véritable fraternité.

Elle laissera à tous le plus agréable souvenir.

LE BAL D'ENFANTS.

Cette fête qui est une des plus recherchées et qui allume le plus d'enthousiasme au sein des familles, a été cette année très courue et a eu un succès plus grand que les années précédentes. On n'a jamais vu autant de costumes de fantaisie, autant d'élégance, de recherche, de luxe et de bon goût.

Quoiqu'on eût pris la précaution de ne pas laisser entrer les spectateurs dans l'enceinte de la grande salle de bal du Théâtre National, elle se trouvait encore trop petite pour les danseurs. Quel charmant coup d'œil présentait ce bouquet de petites créatures se livrant à toutes les joies de la danse! Et puis Guignol, et puis les sirops, les bonbons, les gâteaux, outre les joujoux qu'on leur avait distribués à l'entrée.

Mais reste à savoir s'ils ont eu plus de plaisir que les papas, les mamans et toutes les familles qui, ne trouvant pas à se placer dans les loges ou le pourtour, s'étaient emparées de l'amphithéâtre et de la galerie qu'elles remplissaient; ces places devaient se trouver bien honorées de recevoir les plus grandes et les plus belles dames qui certes n'avaient jamais songé qu'elles monteraient un jour à ce Paradis.

Enfin, malgré la foule immense, la fête s'est terminée comme elle avait commencé, dans l'ordre le plus parfait, sans qu'il y ait eu la moindre plainte soit des petits soit des grands, parce que tous se trouvaient à l'aise, grâce aux sages mesures prises par les Commissaires du Bal.

LE FEU D'ARTIFICE.

Le feu d'artifice a été la grande fête populaire, celle qui avait tant d'attrait avec la grande pièce qui devait partir: la Tour Eiffel.

Avant l'heure indiquée la place Sotomayor était déjà complètement bondée de monde, et nous ne savons pas comment ont pu y pénétrer ceux qui sont venus plus tard. Il faut dire que la foule se serrait de plus en plus, au point de devenir une masse compacte au milieu de laquelle chacun se trouvait emboîté.

Nous n'avons jamais vu une pareille multitude à un feu d'artifice. On peut dire que tout Valparaiso était concentré dans cette place; il est impossible de calculer le nombre des individus. Et quand même on pourrait faire une opération d'arithmétique en comptant d'après la superficie donnée, le calcul ne serait pas exact parceque la foule était aussi grande dans les rues avoisinantes, et bien des gens n'ont rien vu ou n'ont pu voir que les fusées.

Quant aux pièces du feu d'artifice, nous devons dire, à l'honneur de l'artificier, qu'elles ont été dignes de l'enthousiasme que le public a montré pour les voir. Toutes les pièces principales ont été remarquées pour leur importance et la précision avec laquelle elles ont été allumées.

Mais celle de la Tour Eiffel, quelque illusion que s'en soit fait le public, a produit sur les masses un effet extraordinaire, soit par la rapidité avec laquelle le feu est monté jusqu'au sommet, soit par la contemplation de cet ensemble de feu qui offrait un spectacle imposant et superbe.

Nous n'avons jamais rien vu de pareil en ce genre et on doit comprendre qu'on ait tant travaillé pour construire la charpente qui a servi de support aux artifices. L'artificier a su faire honneur à la grande œuvre de M. Eiffel et il a répondu parfaitement à la confiance que le comité des fêtes avait mise en lui.

Nous oublions de dire qu'avant d'allumer les mèches, trois hommes sont montés à la tour, pour le cas où elles ne brûleraient pas, et que l'un d'eux placé tout à fait au sommet, à côté du drapeau chilien a lancé le premier vivat en étendant les bras au moment où le feu arrivait jusqu'à lui.

Le feu d'artifice terminé vers huit heures et demie, la foule s'est écoulée lentement par toutes les rues; mais à dix heures et demie du soir les tramvias passaient encore par l'Almendral complètement pleins, ce qui indique que bien des gens avaient eu la patience de les attendre pendant deux heures.

LE BAL.

Le bal donné le soir dans la Salle Philharmonique a été le digne couronnement de ces fêtes, par l'ordre et l'enthousiasme qui y ont régné.

On lit dans le *Mercurio* du 23 Juillet ce qui suit:

La Colonie française, désireuse de répondre aux attentions et aux facilités qui lui ont été données pour organiser les fêtes du Centenaire de la Révolution, et n'ayant pas encore terminé la liquidation des comptes de la *Kermesse*, a voté par anticipation, dans sa dernière réunion, une somme de mille piastres pour l'Hôpital de la Charité.

Nous publierons en temps opportun le résultat de cette fête et celui que le comité destine à la Société de Bienfaisance.

Pour notre part, nous devons remercier dès aujourd'hui la Colonie française pour cet acte de charité qui l'honore et qui nous donne une nouvelle preuve de ses sentiments généreux et fraternels pour notre pays.

On lit dans le *Mercurio* du 25 Juillet 1889.

DONATION À L'HÔPITAL DE LA CHARITÉ.

Le Président du comité de la fête du Centenaire de la Révolution française et le Maire de Valparaiso ont échangé les lettres suivantes, relatives à la donation faite à l'hôpital de San Juan de Dios, dont nous avons déjà parlé.

Valparaiso, 23 Juillet 1889.

Monsieur le Maire de la ville de Valparaiso.—Monsieur:
Au nom du comité de la fête du Centenaire de la Révolution française, j'ai l'honneur de vous remettre sous ce pli un
chèque N.° 28 de mille piastres sur la banque de Valparaiso, pour que vous vouliez bien l'offrir à l'administration de l'hôpital de la Charité de cette ville, conformément
aux conventions qui ont été arrêtées entre nous le 22
courant.

Cette somme provient de la fête que les Français ont
donnée au Parc Municipal le 21 courant, et dont nous
ignorons encore le résultat définitif.

Le comité a l'intention de destiner le solde du produit
de cette fête au soulagement des nécessiteux que secoure
la Société française de Bienfaisance de Valparaiso.

De cette manière le résultat se trouvera partagé entre
deux sociétés qui, à tous les points de vue méritent l'appui
de la municipalité et du comité organisateur.

Je saisis cette occasion, monsieur le Maire, pour vous
renouveler mes bien sincères remerciments de toutes les
facilités que le Conseil municipal a bien voulu nous accorder, pour célébrer nos fêtes patriotiques, et j'ai l'honneur
de me dire votre très dévoué serviteur.

Louis Guérin,
Président.

Valparaiso, 24 Juillet 1889.

J'ai eu l'honneur de recevoir votre estimable lettre
d'hier, contenant le chèque N.° 28 sur la Banque de Valparaiso, pour la somme de mille piastres, partie du produit
de la fête qui a eu lieu au Parc Municipal et que le comité
organisateur des fêtes du Centenaire de la Révolution
française a la générosité d'offrir à l'hôpital de San Juan de
Dios.

Ces fonds ont été mis à la disposition de l'administrateur de cet établissement, Mr. José Miguel Rodriguez
Velasco.

Je suis heureux de transmettre par votre organe à vos compatriotes, et spécialement au comité organisateur des fêtes, l'expression de ma plus vive gratitude pour le noble esprit de désintéressement avec lequel la Colonie française vient au secours des nécessiteux, et grâce auquel ces fêtes nationales tournent au profit des établissements de charité.

Veuillez être mon interprète auprès des membres de la Colonie française et recevoir pour vous l'assurance de ma considération la plus distinguée.

Alejo Barrios.

"LA PATRIA."

(Du 15 Juillet 1889).

AU THÉATRE DE LA VICTOIRE.

La fête de Samedi avait attiré au theâtre non seulement les familles françaises, mais aussi beaucoup de familles de la Société de Valparaiso. Le théâtre était plein et on peut dire plein de beautés.

Le programme de la premier partie de la soirée a dû être changé, la santé de M. De La Barra ne lui permettant pas de prononcer le discours annoncé. A sa place s'est présenté M. Carlos A. Rodriguez. M. Chouteau a déclamé une Ode que nous reproduisons plus loin.

L'apothéose qui a terminé le premier acte était une copie vivante d'un des plus splendides tableaux de Gustave Doré.

LE BANQUET.

Le salon de la société philharmonique avait été arangé avec le bon goût qui caractérise toutes les fêtes de la Colonie française. A l'aide d'une grande quantité d'arbustes et de plantes, on avait formé un jardin printannier artificiel. Aux murs, et entre les glaces, il y avait d'énormes bouquets de verdure et de fleurs. Partout on voyait les trois couleurs du drapeau français et du drapeau chilien, qui sont les mêmes. Un buste en marbre se détachait dans le fond de la salle un milieu de l'étendard français et chilien entrelacés. Au dessous, on lisait sur un écusson les initiales R. F.

Quatre tables étaient dressées parallèlement suivant la longueur de la salle, et allaient aboutir à une cinquième table transversale où étaient les places d'honneur.

Quelques minutes après onze heures deux cent quarante convives étaient assis au banquet. A la droite du Président de la fête, M. Louis Guérin, on voyait M. G. Laffont, consul de France, et M. l'Intendant de la province de Valparaiso; à la gauche, M. Louis F. Puelma député de Valparaiso, et M. Alejo Barrios, maire de la ville. Dans l'impossibilité où nous sommes de nommer toutes les personnes qui étaient là, nous nous bornerons à indiquer les personnages étrangères à la Colonie française et qui avaient été galamment invitées: les adjoints au Maire, Riesco et Velasquez; les Amiraux Viel, et Uribe, le surintendant des douanes, Villanueva; les juges Moreno, Fóster Recabarren et Guzman; l'Intendant général Vicuña; le Directeur général des Postes, Garcia Reyes, les commandants des troupes de ligne et de garde nationale; les secrétaires de l'intendance, Munizaga et Villagran, commandant d'armes; MM. Carlos A. Rodriguez, Ramon Ponce de Leon, Louis Izquierdo rédacteurs du HERALDO et de la PATRIA et autres que nous oublions.

Le banquet a été servi d'une manière irréprochable. En voici le menu: (suit le menu).

Au champagne, M. Guérin a offert le banquet aux invités.

Après lui ont pris la parole dans l'ordre suivant, MM:

Lacau, vice président du Comité d'organisation.
L'Intendant, M. Sanchez.
Le docteur Bobillier.
Le consul de France, Laffont.
L'Amiral Viel.
Le commandant d'armes, Francisco Villagran.
José R. Guzman, juge.

L'Amiral Uribe.
Louis Izquierdo.
J. Maury.
Louis P. Puelma.
C. A. Rodriguez.
Ramon Ponce de Leon.

Tous les toasts ont été acclamés au milieu d'applaudissements chaleureux.

M. Laffon, particulièrement a su jusqu'au bout captiver son auditoire, malgré les développements de son discours. M. Laffon s'est montré un véritable orateur. Nous regrettons de ne pouvoir publier ses paroles faute d'espace.

M. Guérin a clos le banquet après avoir donné lecture d'un télégramme d'adhésion envoyé par la Colonie de Santiago.

LE BAL D'ENFANTS.

En sortant du banquet les convives se sont rendus au Théâtre National. Il était deux heures de l'après-midi et il y avait déjà deux heures que la fête des enfants était dans toute sa splendeur. Dans le vaste parterre de la salle dansaient une foule de couples joyeux et bruyants. Les loges et les banquettes de côté étaient bondées de spectateurs. Sous ce point de vue comme sous celui du nombre des enfants, de leurs costumes et du bon goût de leurs travestissements, le bal de cette année a été le plus brillant qu'ait jamais donné la Colonie française. Il faut surtout faire l'éloge de l'ordre admirable qu'on remarquait jusque dans les moindres détails.

Pour peu qu'on fît attention, il fallait s'arrêter à chaque instant à un costume fantaisiste et élégant. Parmi ces enfants qui devançant l'heure, jouent une fois par an des rôles qui sont encore bien loin d'eux, il y avait des gitanos et des toreros, des marquis et des amiraux, des pigeons voyageurs et des papillons, des anges et des diables. Nous aurions voulu parler de toutes ces figures joyeuses que nous voyons encore, mais nous n'avons pas assez de temps pour entreprendre cette tâche aussi longue qu'agréable.

Passons vite, mais n'oublions pas de dire que nous regardions avec une admiration qui touche à l'ébahissement tout ce que nous promet la belle venue féminine qui nous suit.

LE FEU D'ARTIFICE.

De très bonne heure la population se mettait en mouvement et se dirigeait en files interminables vers la place Rafael Sotomayor.

A sept heures et demie du soir on voyait là une agglomération humaine qui pouvait représenter plus de 10,000 individus.

A la lueur des pièces d'artifices qui éclairaient le ciel à ce moment, on apercevait sur les hauteurs des masses compactes de spectateurs. Cette partie du programme a été par conséquent la plus populaire de toutes les réjouissanses du Centenaire.

La grande pièce, la *Tour Eiffel*, a été la nouveauté non seulement de la soirée, mais encore de toutes les fêtes précédentes. Elle a produit l'effet qu'on pouvait attendre de cette immense construction resplendissant de feux de toutes les couleurs. L'un des architectes de ce monument qu'on pourrait appeler avec raison *lumineux*, debout à son sommet, saluait le peuple pendant que la tour brûlait. Sur un arc de triomphe on lisait la dédicace: *La Colonie française au peuple de Valparaiso.*

LE BAL.

Nous ne pouvons pas préciser le nombre de familles qui ont assisté cette nuit au bal annuel de la Colonie française. Mais, sans exagérer, on peut dire qu'il y avait plus de soixante couples qui, obéissant aux accords de l'orchestre se lançaient à travers le salon qu'ils remplissaient de brillantes toilettes, de figures épanouies, de sourires et de regards enchanteurs.

Nous ne pouvons non plus rien dire de la joie de bon ton, de la gaieté éminemment française qui a régné toute la soirée. On a joué vingt danses, sans compter les suppléments, sans que l'entrain s'arrêtât un seul instant.

Tout ce qui peut charmer une soirée se trouvait réuni pour que le bal laissât dans tous les cœurs le plus délicieux souvenir. Et nous sommes sûr que tous garderont longtemps la mémoire de cette nuit pendant laquelle sinon tous, du moins beaucoup, ont reçu des impressions qui ne s'effacent pas.

"LE HERALDO"

(DU 15 JUILLET 1889).

FÊTES DU CENTENAIRE DE LA RÉVOLUTION FRANÇAISE.

Les fêtes organisées par la Colonie française de Valparaiso pour célébrer les grands actes qui se sont accomplis il y a un siècle, ont eu un éclat, une splendeur et un succès qu'on n'avait jamais vus.

En voyant l'enthonsiasme avec lequel Chiliens et étrangers parcouraient les rues et prenaient part aux réjouissances de la Colonie française, on aurait dit qu'il s'agissait non pas de la fête d'un peuple éloigné de nous de plus de 4,000 lieues, mais bien d'une fête nationale chilienne, d'un 21 Mai ou d'un 18 Septembre.

Nous pouvons même dire plus: quelques parties du programme des fêtes ont excité plus d'ardeur et d'enthousiasme et ont eu beaucoup plus d'éclat que les réjouissances publiques organisées par nos édiles en Septembre ou pour d'autres glorieux anniversaires; par exemple, le feu d'artifice... mais n'anticipons pas et procédons par ordre.

REPRÉSENTATION TRÉATRALE.

Les fêtes ont commencé par une représentation au théâtre de la Victoria, le samedi 13, à huit heures du soir.

Dès sept heures, commençaient à arriver au théâtre les invités et ceux qui ne l'étant pas, voulaient assister à la représentation, et qui purent prendre leurs places au bureau comme pour les représentations ordinaires.

Quelques minutes avant huit heures le théâtre était complètement plein.

On a rarement vu une salle plus animée; le coup d'œil était splendide.

A huit heures précises, le rideau s'est levé, et un chœur de Français a entonné d'une voix martiale *la Marseillaise* qui a été écoutée debout par tous les assistants.

L'Intendant de la province occupait sa loge et est resté jusqu'à la fin du spectacle.

Après la première strophe sont venus les enfants qui ont chanté *Nous entrerons dans la carrière*, etc.

Les applaudissements qui couvrirent la dernière note de l'orchestre et durèrent plusieurs minutes, cessèrent à l'apparition sur la scène de M. Eugène Chouteau chargé de prononcer une allocution patriotique.

Le bruit provoqué par *la Marseillaise* fit place au plus profond recueillement: tous prêtaient l'oreille pour ne pas perdre un seul mot de l'Ode que M. Chouteau allait déclamer.

L'espace nous manque pour analyser ce morceau; nous dirons seulement qu'il a été magnifique et qu'il a produit un immense effet. Les vers bien frappés, concis, énergiques, expressifs, patriotiques, remplis de grandes idées provoquaient à chaque strophe des tonnerres d'applaudissements.

Et c'était justice, tant à cause de leur beauté qu'à cause de la personnalité de l'orateur et de sa diction irréprochable.

M. Chouteau, rappelé par le public après l'Ode, est revenu sur la scène et a déclamé en espagnol quelques charmants vers dédiés aux Chiliens et aux beautés chiliennes, et applaudis avec frénésie.

Ensuite on a chanté la troisième strophe de *la Marseillaise* qui a été écoutée debout comme les précédentes.

Le programme annonçait un discours de M. Eduardo de La Barra.

Quoique les journaux eussent annoncé que M. De La Barra ne prononcerait pas de discours par raisons de santé, le public s'est étonné de ne pas le voir parce que tout le monde n'avait pas lu ou n'avait pas remarqué cet avis publié seulement un ou deux jours à l'avance.

A la place de M. Ed. De La Barra s'est présenté M. Carlos A. Rodriguez qui a été reçu par une salve d'applaudissements et qui a prononcé un magnifique discours très goûté par tout le monde.

Après le discours de M. Rodriguez on a chanté la dernière strophe de *la Marseillaise* qui a clos la première partie du spectacle.

La troupe Jarques a donné ensuite le deuxième acte de *Doña Juanita* et la *Gran Vía*, à la place du dernier acte annoncé de la *Fille du Régiment* qu'on n'a pas pu jouer par suite de l'accident arrivé à l'artiste qui devait remplir le principal rôle.

Ainsi s'est terminée la première partie du programme des fêtes.

BANQUET

La journée du 14 Juillet s'est annoncée par un temps magnifique: un soleil resplendissant comme celui qui éclaira il y a cent ans la prise de la Bastille, devait briller sur ces fêtes et leur donner encore plus d'éclat.

Un léger nuage est venu assombrir un peu les gais visages des joyeux passants du matin: c'était un entrefilet de LA UNION sur le 14 Juillet, palinodie qui a été lue par hazard parce qu'il n'y a pas d'autre journal le dimanche et que beaucoup l'achetèrent sans se douter qu'ils allaient avaler une grosse pilule.

Mais l'impression désagréable causée par la lecture de ce factum à ceux qui eurent la patience d'aller jusqu'au bout n'a duré que le temps nécessaire pour prendre connaissance des quelques nouvelles contenues dans la feuille et la jeter ensuite au panier.

A huit heures, une distribution de secours aux Français nécessiteux a été faite dans le quartier des pompes françaises par une commission nommée à cet effet.

Un peu avant dix heures, le comité d'organisation des fêtes s'est rendu au consulat de France pour faire visite à

M. le Consul, G. Laffont, et saluer le représentant de la France.

Ensuite a eu lieu le banquet préparé dans les salons de la Societé Philharmonique; il a commencé à onze heures du matin.

La salle était décorée avec élégance et simplicité, et les tables qui la garnissaient étaient splendidement servies.

Dans le pourtour qui fait le fond de la salle on avait placé un buste colossal de la République couronné avec un drapeau chilien. Tout autour on avait disposé des massifs de verdure: c'était d'un aspect enchanteur et pittoresque.

Chaque couvert était accompagné d'un élégant bouquet et d'une médaille commémorative portant au recto le buste de la République française et au verso, un bas-relief de la Tour Eiffel. Une carte dorée indiquait la place de chaque convive.

La Tour Eiffel, dont nous avons parlé à propos de la Confiserie Parisienne, se dressait au milieu de la table d'honneur, ornée de drapeaux français et chiliens.

Parmi les personnages que nous avons remarqués, nous citerons l'Intendant, M. Sanchez; le contre-amiral Uribe; le Consul de France, M. G. Laffont; M. L. Guérin; les juges: Moreno, Fóster Recabárren, Guzman; MM. Puelma, Villanueva, Luis Izquierdo, rédacteur de LA PATRIA, Ramon Ponce de Leon, rédacteur de ce journal, Cárlos A. Rodriguez, Luis Castillo et beaucoup d'autres personnes qu'il serait trop long d'énumérer.

Au moment des toasts ont pris la parole: MM. Guérin, Lacau, M. l'Intendant Sanchez, MM. Bobillier, Laffont, Viel, Villagran, Guzman, Uribe, Izquierdo, Maury, Puelma, Rodriguez et Ponce de Leon.

Le banquet a été servi comme savent le faire MM. Lagrave et Clavel, d'une manière exquise; il n'y avait rien à désirer ni sous le rapport de la quantité ni sous celui de la qualité des mets et des vins qui étaient de première marque.

Voici le *menu* qui montrera que nous n'exagérons pas.— (Suit le *menu.*—Voir LA PATRIA).

BAL D'ENFANTS.

Cette partie du programme est une de celles qui a produit le plus grand effet.

Dès midi ont commencé à arriver au Théâtre National de charmantes troupes d'enfants habillés chacun selon le caprice de la maman. La multitude qui les suivait et qui se pressait sur leur passage est incalculable.

La fête a commencé un peu après une heure.

L'aspect que présentait le parterre du théâtre converti eu salle de bal, était féerique, inimaginable. Des centaines de charmants petits êtres dansaient, se coudoyaient, riaient, aussi contents que le jour de la Noël.

Les costumes etaient fort beaux et aussi variés que riches. Les types choisis avec goût et reproduits avec une fantaisie capricieuse des plus extravagantes. Il y avait des toreros, des pêcheurs, des napolitains, des manolas, des marquis, des sans-culottes, des jours, des étoiles, des drapeaux chiliens, des pierrots, des polichinelles, des danseuses, des incroyables, des turcs, des maures, des généraux, des paysans et tout ce que peut imaginer l'esprit le plus inventif.

Les enfants se sont amusés certainement comme ils ne l'avaient jamais fait jusqu'alors. On leur a distribué toutes sortes de jouets; ils ont dansé, ils ont chanté; et, pour finir on leur a donné une splendide représentation de Guignol qui les a fait rire et crier à n'en pouvoir plus.

Enfin tout s'est terminé vers les cinq heures du soir. A cette heure les alentours du Théâtre National étaient pleins de curieux qui attendaient la sortie des enfants.

Inutile de dire que la joie était peinte sur tous les visages expansifs de ces heureux moutards qui garderont de cette journée un souvenir impérissable.

FEU D'ARTIFICE.

Le feu d'artifice avait été dressé sur la place Sotomayor. Il a été de toute beauté.

Dès six heures et demie du soir une foule immense commença à descendre en ville pour voir la Tour Eiffel.

Les rues qui aboutissent à la place ressemblaient à des fleuves humains. Les trottoirs ne suffisaient pas et on allait par la chaussée afin d'arriver plus vite.

Les tramvias pouvaient à peine avancer tant ils étaient chargés de monde. Chacun d'eux portait au moins cent voyageurs empilés comme des sardines.

En sorte qu'au moment où le feu d'artifice commença, il n'y avait pas le moindre recoin où pouvoir se mettre. Un nombre considérable de personnes sont restées sans pouvoir rien voir.

Nous avons dit que le feu d'artifice a été merveilleux. En effet, la Tour Eiffel avait excité un immense enthousiasme, et en vérité, elle le méritait, car c'était une pièce à sensation et comme jusqu'alors on n'en avait pas vu au Chili. Tout le monde a pu la voir; il est donc inutile de la décrire nous dirons seulement que toute la façade avait été dessinée avec des feux de diverses couleurs qui au coup de huit heures s'allumèrent instantanément en produisant un ensemble d'un effet magique.

Sur un grand arc de triomphe formé de mille couleurs, on pouvait lire en lettres de feu cette dédicace: "*La Colonie française au peuple de Valparaiso.*" Au milieu de la tour resplendissaient les lettres R. F. (République Française.

Cette partie de la fête s'est terminée un peu après huit heures.

Le peuple de Valparaiso qui était accouru en masse pour voir le feu d'artifice que lui offrait la Colonie française s'est retiré plein d'enthousiasme et de satisfaction.

Tout le monde a pu voir la Tour Eiffel réduite au dixième de sa hauteur sans être allé à Paris et sans avoir déboursé un sou.

LE BAL.

La dernière partie de la fête a été le bal donné dans les salons de la Société Philharmonique.

Il serait impossible de dire la quantité de personnes qui y ont assisté. Toutes les dames et les demoiselles se distinguaient par leur toilette simple et élégante, portant le cachet du meilleur goût.

Pendant tout le bal, la plus grande animation et la plus franche gaieté n'ont cessé de régner.

Le souper a été servi princièrement; il y avait là tout ce qu'on peut demander en mets, en vins, et en liqueurs exquises.

Enfin, le bal s'est prolongé jusqu'après cinq heures du matin, et tous les invités se sont retirés contents.

C'est à la hâte que nous écrivons ce compte-rendu de la fête organisée par la Colonie française de Valparaiso pour célébrer le premier Centenaire de la Révolution française.

Elle laissera à Valparaiso un délicieux souvenir.

(Du 22 Juillet 1889).

LA KERMESSE DU PARC MUNICIPAL

On a vu rarement ce poétique jardin orné de tant de beautés et d'élégantes.

A peine les portes étaient-elles ouvertes que ses allées pittoresques étaient envahies par une foule avide de passer une bonne journée.

Comme c'étaient les Français qui avaient organisé cette fête, toute la haute société de Valparaiso s'était empressée de s'y donner rendez-vous, certaine de trouver l'accueil le plus charmant et la courtoisie la plus parfaite.

Et personne n'a été trompé dans ses espérances.

Tous ont passé une belle journée, petits, jeunes, vieux, bébés, nourrices, papas, mamans, amoureux, etc.

Quoique le temps ne fût pas très favorable, il y a eu près de 3,000 personnes, peut-être plus encore.

Une des choses qui ont attiré plus spécialement l'attention des promeneurs, c'est la loterie de la Tour Eiffel, ce chef-d'œuvre de confiserie construit par MM. Lagrave et Clavel, que tout le monde a pu admirer à la vitrine de leur maison de la rue Condell.

Celui qui a gagné est M. Louis Escobar, porteur du numéro 244.

Tous les entrants recevaient gracieusement de jolis bouquets aux couleurs françaises qu'ils mettaient avec orgueil à leur boutonnière.

Les enfants aussi ont reçu, comme au bal de fantaisie, des cadeaux de toute sorte. Nous en avons vu une quantité s'en aller chargés de joujoux qu'ils avaient gagnés aux différentes tombolas dont le jardin était semé.

En somme, la fête a été splendide et bien digne de ses intelligents et habiles organisateurs.

Elle a été le dernier acte des réjouissances organisées pour célébrer le Centenaire de la Révolution française dont le souvenir, somme nous l'avons dit précédemment restera longtemps dans la mémoire de ceux qui y ont assisté.

Dans le compte rendu donné par Le Heraldo du 15 Juillet, on a vu que le journal L'Union avait jeté sa note discordante dans le concert unanime d'éloges que les journaux se sont plu à donner à nos fêtes.

L'Union était dans son rôle. Elle a naturellement fait son métier.

Le comité n'a pas jugé à propos de reproduire ses articles que le lecteur devine et il se borne, pour toute réponse, à citer les vers suivants que tout le monde connaît et qui lui paraissent bien en situation:

> Le Nil a vu sur ses rivages
> Les noirs habitants des déserts
> Insulter par leurs cris sauvages
> L'astre éclatant de l'univers.
> Cris impuissants! Fureurs bizarres!
> Tandis que ces monstres barbares
> Poussaient d'insolentes clameurs,
> Le Dieu, poursuivant sa carrière,
> Versait des torrents de lumière
> Sur ses obscurs blasphémateurs.

DISCOURS.

M. E. Chouteau.

ODE À LA RÉVOLUTION FRANÇAISE.

Par la main des bourreaux et de la tyrannie
Cloué sur une croix, arbre d'ignominie,
Le sublime héros de la fraternité,
En mourant nous légua la sainte liberté.
Elle nous vient du ciel, radieuse et féconde;
Nous la revendiquons: elle appartient au monde;
Et, comme nos aïeux, s'il fallait, nous mourrions
Pour l'arracher encor des mains des histrions.
Paisibles citoyens, nobles fils de la France,
Nous ne célébrons pas le meurtre et la vengeance,
Nous défendons nos droits et notre dignité,
Au nom de la justice et de l'humanité.

Le peuple qu'on nommait la vile multitude,
De quatorze cents ans rompant la servitude,
Enfin se releva, superbe, sous les piés
Des reîtres insolents, des privilégiés.
Pour la première fois—quelle plus noble envie!—
Il réclama sa part au banquet de la vie;
Et, secouant le joug, brisant l'ignoble mors
Qui flétrissait son âme et meurtrissait son corps,
Il voulut ce paria, qui se sentait des fibres,
Que ses enfants, un jour, comme lui, fussent libres.

5

Sa gloire est d'avoir fait, naguère, de sa main,
Envers et contre tous, l'œuvre du genre humain.
Aujourd' hui qui donc ose à ce martyr sublime
D'un pareil dévoûment lui faire encore un crime?
Nations, bénissez sa mémoire à genoux;
Devant votre sauveur, peuples proternez-vous.
C'est lui qui vous donna la liberté chérie,
A lui que vous devez d'avoir une patrie.
C'est en quatre-vingt-neuf, au soleil de Juillet,
Que le peuple en courroux et le sabre au poignet,
En vengeant du passé les horribles tortures,
De l'antique esclavage a lavé les souillures.
Le France, ce jour-là, sentit avec fierté
Dans son cœur maternel battre l'humanité.

Nous fêtons, ô Français, une date héroïque.
Cent ans sont écoulés depuis le jour épique
Où nos vaillants aïeux, ces Titans d'autrefois,
Lancèrent en Europe, à la face des rois,
Après avoir vécu de honte et de souffrance,
Le cri de liberté, le cri d'indépendance.
Tout homme est, depuis lors, ou noble ou plébéien,
Avec les mêmes droits, devenu citoyen.

Puisqu'il faut exprimer aujourd'hui ma pensée,
Je n'ai jamais compris cette haine insensée
Contre la nation qui jadis a rendu
Sa dignité, ses droits à chaque individu,
Contre ce peuple qui, méprisant les alarmes,
Combattit demi-nu, souvent presque sans armes,
Brisa des opprimés les ignobles bâillons,
Tout lumineux de gloire à travers ses haillons (1).

Mais la France, aujourd'hui, sans rancune et sans haine,
Ouvre Paris, son cœur, à l'industrie humaine;
Et, pour qu'on la contemple en ce jour solennel,
Elle a pour piédestal l'immense tour Eiffel.

_____

(1) Siébeker.

La France, dont l'histoire est l'histoire du monde,
Invite à s'abreuver à sa source féconde,
Source dont l'eau toujours coula pour l'univers,
L'habitant des cités et celui des déserts.
Le progrès et l'amour, voilà son cri de guerre.
Ceux qui ne l'aiment pas ne la connaissent guère.
Il en est cependant encore, je le sais
Qui voudraient voir, hélas! éteint le nom français.
Eh bien, j'admets, ingrats, agissez à votre aise;
De la carte effacez la nation française,
Et vous aurez porté, sans doute, un coup fatal
A la grâce, à l'amour, à l'art, à l'idéal.
La France à la pensée est aussi salutaire
Que le sont les rayons du soleil à la terre.
L'infâme despotisme, au seul son de sa voix,
Bien souvent a tremblé, comme un cerf aux abois,
Et si la force, un jour, maîtresse de la terre,
Oblige en l'enchaînant la justice à se taire,
Un peuple reste encor pour mettre le holà,
Et, disons-le bien haut, la France est celui-là.
Elle vivra: l'Idée est incarnée en elle,
Et, malgré les tyrans, l'Idée est immortelle.

Preux de quatre vingt neuf que la France vénère,
Le monde rend hommage à votre Centenaire.
Sur votre œuvre, sur vous sont fixés tous les yeux.
Tressaillez d'allégresse, ô vous, nos vieux aïeux,
En voyant l'étranger, dans ce jour grandiose,
Prendre part avec nous à votre apothéose.
Il sait que pour l'amour et pour la liberté
Vous vous êtes rués à l'immortalité!
Il sait que du Chili la France est sœur aînée
Et que de vos vertus la République est née.
Vos jeunes successeurs suivront votre chemin
Et feront respecter le nom républicain.

Quelques peuples encore attendent le mot d'ordre
Pour briser à jamais le frein qu'on leur fait mordre;
Mais la liberté veille et sait se souvenir.

Entonnons l'hosanna du triomphe à venir;
Entonnons en ce jour le chant de délivrance.
L'avenir est à Dieu, mais à nous l'espérance...

Debout, Français, debout, et tournant vos regards
Vers Paris, le foyer des lettres et des arts,
Lancez, à l'unisson, un cri dans cette enceinte;
Saluez la patrie et sa bannière sainte.
Vive à jamais la France et la *fraternité!*
Vive *l'égalité!* Vive la *liberté!*

Valparaiso, Juillet 1889.

E. CHOUTEAU.

M. LOUIS GUÉRIN

—

Messieurs,

La tâche serait bien lourde pour ma faible éloquence si je devais entreprendre ici l'historique du gand évènement dont nous célébrons l'anniversaire. Aussi ai-je laissé ce soin à des paroles plus autorisées que la mienne, et vais-je me maintenir sur un terrain plus accessible, accessible surtout à tout cœur vraiment français.

Quand vous avez constitué votre Comité des fêtes du 14 Juillet 1889, vous lui avez donné pour mission de célébrer dignement la grande fête de la France, et avec d'autant plus d'éclat que cette date marque la fin d'un siècle commencé par la plus grande manifestation de la volonté populaire contre le pouvoir personnel; d'un siècle semé de gloires et de tristesses; d'un siècle qui se termine par la plus merveilleuse explosion de l'activité, de l'art et du génie de notre chère France.

Votre Comité, pour mener sa tâche à bonne fin, avait besoin du concours de tous; il a fait appel à votre patriotisme, et tous vous avez répondu aussi largement qu'on pouvait l'espérer.

Nous avons pu enfin ajouter au programme de nos fêtes
ce banquet fraternel si désiré par tous, ce banquet qui
est bien une palpable constatation des conquêtes de la Révolution française, la fusion de toutes les clases sociales,
la libre expression de notre pensée, la sympathique con-
fraternité de personnes et d'idées, qui font que nous voilà
tous réunis, petits et grands, riches ou pauvres, dans un
seul et même but, le culte des sentiments patriotiques que
nous professons tous pour notre sainte patrie.

Grâce, messieurs, à ce développement des idées émises
par les aïeux dont nous célébrons les hauts faits et les
grandes pensées, nous voici toute la famille française de
Valparaiso, entourés de représentants éminents de la société chilienne, de ce pays libre et sympathique à tous
égards, qui nous ouvre les bras et nous offre une hospitalité qui nous ferait oublier notre berceau si jamais on pouvait cesser de penser à sa patrie.

Et maintenant, messieurs, permettez-moi de m'interrom-
pre un moment pour me tourner vers nos invités et les
remercier d'avoir bien voulu se joindre à nous dans cette
célébration du grand anniversaire français.

Señor Intendente, señores alcaldes, señores representantes del ejército, de la armada, del foro, de la sociedad
y de la ilustrada prensa de Chile, permítanme espresarles
a nombre de toda la Colonia francesa de Valparaiso nuestro mas sincero agradecimiento por haber aceptado nuestra invitacion, por haber querido unirse con nosotros para
celebrar nuestra amada patria.

Nada podia sernos mas grato que esta prueba de simpa-
tía que es para nosotros un testimonio elocuente de que,
despues de muchos años pasados entre vosotros, no hemos
desmerecido a sus ojos, hemos conseguido granjearnos la
voluntad y el cariño de un pueblo que por tantos lados se
parece al nuestro.

En pocos momentos se levantará uno de nosotros para
glorificar a Chile, y todos nos pondremos de pié acompa-
ñándolo en los votos que espresará para este querido
pais.

Por ahora dispensen que dé el primer paso a la patria que festejamos, y que os convide a acompañarme en el brindis que voi a proponer para nuestra Francia querida!

Messieurs,

Je termine en vous félicitant pour le grand succès de cette partie de notre fête, et en vous proposant un toast qui est sur toutes vos lèvres, dans tous vos cœurs.

A Monsieur Carnot, Président de la République Française!

A la France!

~~~~~~~~~~

M. LACAU.

En este mismo dia, los hijos de la Francia esparcidos en el mundo, celebran con entusiasmo y alegría el centenario de la gran Revolucion, que abrió para todos los pueblos una nueva via de progreso y de libertad. Pero con orgullo creo que podemos decir, que en ninguna parte se habrán organizado esas fiestas y esas manifestaciones con mas brillo, mas patriotismo y mas union que en Chile, y sobre todo en Valparaiso.

En este suelo libre y hospilatario, en el que brotan los sentimientos jenerosos, los héroes y los hombres de progreso, hai que reconocerlo, todo nos ha sido facilitado para organizar nuestro programa. Las adhesiones, las simpatías, el concurso de las autoridades, de la prensa y de todos los ciudadanos; nada nos ha faltado para llevar dignamente a cabo la celebracion de nuestro glorioso aniversario.

Y por eso es que en presencia de ejemplos tan nobles, tan dignos y tan liberales, nosotros, hijos de la Revolucion, amamos con tanto cariño a la República que ha permitido a nuestra querida patria levantarse de sus desgracias y que le ha de dar gloria y prosperidad. Glorifiquemos, pues, esta fecha memorable del 14 de Julio, que es la de esa fecunda Revolucion, que sin embargo, enemigos de la verdad pretenden tachar de sanguinaria y de cruel.

En esa gran batalla de la humanidad tuvieron que sucumbir, es cierto, muchos inocentes, y solo sobre los cuerpos de los mártires de su fé, pudo flamear la bandera de la libertad; pero aun la revolucion del 89 aparecerá siempre como un rayo de luz en las tinieblas de los siglos pasados.

Señores: mi satisfaccion no tiene límites al contemplar a esta simpática y entusiasta reunion, en la que veo al hombre de trabajo, al artesano, al empleado, sentado al lado del patron, del comerciante y del capitalista, y sobre todo cuando esta prueba de fraternidad se halla realzada con la presencia de los miembros mas eminentes de la sociedad de Valparaiso. Así tambien creo cumplir, no solo con un deber de gratitud propia, pero sí con un deseo de toda la colonia francesa, manifestando a vos, señor Intendente, a todos vosotros, dignos representantes de la autoridad, del foro, de la armada, del ejército, de todos los poderes y tambien de la prensa tan ilustrada, espresando nuestro sincero agradecimiento por haberos dignado acompañarnos en esta fiesta patriótica. Compatriotas: os invito a tomar de pié una copa por la salud y la prosperidad del excelentísimo presidente de la República, señor José Manuel Balmaceda, lanzando, con todo el vigor de nuestros pechos, un "¡viva Chile!"

M. BOBILLIER.

Messieurs et chers compatriotes:

En ce moment la France généreuse et hospitalière reçoit à bras ouverts tous le peuples du monde.

Nous, Français résidants de Valparaiso, ouvrons aussi les bras pour donner une accolade fraternelle à ce noble peuple du Chili. Car nous avons appris à l'estimer, ce peuple au milieu duquel nous vivons et prospérons. Oui, n'en déplaise à M. le correspondant de L'UNION, la France aime et admire le Chili. Elle apprécie la sagesse de ses institutions; elle connaît ses savants, ses artistes, ses hommes de lettres; elle connaît surtout ses héros.

Arturo Prat est chilien, mais la statue qui immortalise
Arturo Prat est française, parceque le Chili, pour la création de ce chef-d'œuvre, eut soin de s'adresser à notre nation, sachant bien que l'héroisme d'Arturo Prat ne trouverait nulle part un meilleur écho que dans le cœur de
la France.

De France aussi viendra bientôt un puissant navire qui
renforcera la marine du Chili et portera le nom de son héros légendaire, présage d'un glorieux avenir.

Saluons donc le Chili, notre seconde patrie! Saluons aussi
avec enthousiasme ce brave *roto chileno*, si vaillant au
travail et si brave à la guerre!

Oui, proclamons ces braves *rotitos* qui sur les champs de
bataille, semblables à nos soldats d'Afrique, chargaient si
bien l'ennemi à la bayonnette!

Messieurs, vive le Chili!

M. L'INTENDANT.

Señor Cónsul de Francia:

Señores:

Los conceptos y apreciaciones favorables a Chile, y al
excelentísimo señor Presidente que ha espresado el señor
Cónsul de Francia en el notable discurso que acabamos de
oir, me ordenan salir de mi característico mutismo, dicien-
do a nombre de mis conciudadanos algunas breves pala-
bras de agradecimiento al señor Cónsul de Francia, y espresando a la vez los sentimientos de que nos hallamos
poseidos los chilenos.

Señor Cónsul, señores franceses: aunque en apariencia
con frialdad, en el fondo nos adherimos calorosamente y
de todo corazon a las manifestaciones a que hemos sido invitados a formar parte. Ni cómo podia ser de otra manera:
se conmemora el mas grande acontecimiento que, princi-
piando por la reclamacion de los derechos del hombre, con-
cluye por difundir, establecer y afirmar de una manera
imperecedera la base de la felicidad humana: la libertad
la igualdad ante la lei, la fraternidad.

El destino, señores, preparó y dispuso a la Francia para que tuviera la gloria de ser el teatro de aquel gran acontecimiento, y desde entonces Francia fué para el mundo entero la gran nacion.

Para nosotros los chilenos ha sido, señores, a mas del foco luminoso, nuestra madre, nuestra maestra en la vida pública, pues a los rayos de su luz que penetraron en el espíritu de nuestros padres, debemos lo que hoi somos y poseemos: patria, libertad e igualdad ante la lei.

Por esto, señores, me considero autorizado para pedir a todos los presentes una copa por la prosperidad y engrandecimiento sin interrupcion de la República francesa, por la felicidad de su digno Presidente, el excelentísimo señor Carnot, y por la prolongada y grata permanencia entre nosotros de su representante en esta ocasion, el honorable Cónsul M. Laffont.

M. G. Laffont.

Consul de France.

Messieurs:

Le jour dont nous célébrons aujourd'hui le centième anniversaire marque une date mémorable dans les annales du peuple français. Ce fut, en effet, le 14 Juillet 1789 qu'il manifesta pour la première fois sa résolution de conquérir la liberté, dût-il s'offrir lui-même en holocauste sur son autel. Il inaugura ainsi cette longue série de grands et tragiques évènements qui constitue dans l'histoire l'ère inoubliable, qui s'appelle la Révolution Française.

Le Roi Louis XVI, fléchissant sous le fardeau des abus accumulés par l'ancien régime, se trouva réduit à la nécessité de convoquer les Etats-Généraux, c'est-à-dire les représentants de la nation française tout entière pour leur montrer la profondeur du gouffre qui menaçait de l'engloutir, et pour leur demander, en même temps, le remède que dictait la gravité de la situation. Malheureusement, ni la cour, ni la noblesse, ni le clergé n'étaient sincèrement disposés à le seconder dans cette tâche patriotique.

6

Les arrière-pensées et les sentiments hostiles, dont les classes privilégiées étaient animées à l'égard du Tiers-Etat, ne tardèrent pas au contraire à percer d'une manière inquiétante. Dès la première réunion des Etats-Généraux, le 5 Mai 1789, elles laissèrent suffisamment deviner le but mal dissimulé auquel elles aspiraient. Le fond de leur pensée était que le peuple devait se borner à fournir l'argent nécessaire pour combler l'immense déficit qui dévorait alors la France, et puis, nouveau Lazare, se contenter, pour toute amélioration de son sort, de recueillir avec reconnaissance les quelques miettes qu'elles auraient laissé tomber de leur table seigneuriale. Dès la première séance, elles lui refusèrent et la vérification des pouvoirs en commun et le vote par tête.

Leur premier refus signifiait qu'elles entendaient maintenir l'inégalité dans la nation, et le second, qu'elles voulaient se réserver le droit de rendre impossibles, par leur simple veto, toutes les réformes de justice et d'égalité qu'il aurait pu proposer.

Le Tiers-Etat ayant rejeté avec fermeté ces exhorbitantes prétentions, la noblesse et le clergé abandonnèrent la salle des délibérations, avec une hauteur et une arrogance qui n'étaient plus de saison, laissant ainsi le peuple méditer seul sur les misères de la France qui n'étaient pas son œuvre.

Mais celui-ci, animé de la modération que donnent le droit et la force, et de laquelle il ne s'était pas encore départi, accepta le défi avec calme et dignité. Il se constitua en Assemblée Nationale le 17 Juin 1789, et envoya dire aux Représentants de la noblesse et du clergé qu'ils eussent à comparaître devant lui pour faire constater la légitimité de leur élection.

Cette énergique attitude déconcerta les corps privilégiés et la cour elle-même.

On entama alors avec l'Assemblée Nationale, revêtue du pouvoir légitime, une série de négociations qui demeurèrent sans succès, parce qu'elles étaient menées sans sincérité.

Après l'échec de ces négociations hypocrites, les classes

privilégiées, abusant de la faiblesse complaisante de la
cour, réussirent à faire fermer aux membres de l'Assemblée la salle où ils se réunissaient pour remplir le mandat
dont le peuple les avait investis.

C'est alors qu'ils se rendirent en corps au Jeu de Paume,
dans le Champ de Mars, où ils prêtèrent tous, sauf une
seule et unique exception, le serment, resté célèbre dans
l'histoire, par lequel ils s'engageaient à mourir plutôt que
de se séparer avant d'avoir donné à la France une Constitution libérale.

Deux jours après, ils se rendirent de nouveau au Jeu de
Paume, mais des gardes les empêchèrent d'y entrer, en
leur disant que les princes du sang l'avaient fait retenir
pour leurs ébats. Et les représentants légitimes de la nation, traités comme de simples parias, furent réduits à
chercher un nouvel asile dans un temple de Dieu, dans
l'église de Saint-Louis, à Versailles.

Vous concevez aisément, Messieurs, quels sentiments
devaient bouillonner dans les âmes de ces hommes et dans
celle du peuple, qui s'identifiait alors avec eux.

La Bastille, qui retentissait encore des soupirs et des
gémissements de tant de malheureux et d'innocents, était
considérée par la multitude comme l'emblème visible du
despotisme et de la tyrannie.

Elle fut donc le premier objectif de la colère accumulée
déjà dans le cœur du peuple..

Elle fut attaquée et enlevée d'assaut par le peuple de
Paris, il y a aujourd'hui juste cent ans, presqu'à la même
heure que celle où j'ai l'honneur de parler devant vous.

C'est à la suite des grands évènements accomplis dans
ce jour que Louis XVI dit à un de ses courtisans: «C'est
donc une révolte?» et que celui ci lui répondit: «Non,
Sire, c'est une révolution.» Et ce mot terrible frappa pour
la première fois les oreilles de l'infortuné monarque dont
les bonnes dispositions furent constamment paralysées
par son caractère faible et hésitant, mais surtout par les
funestes conseils de son entourage, qui l'empêchaient de
suivre les impulsions de son cœur et de son bon sens. *Fata
trahunt*, notre destinée nous entraîne, aurait dit un his-

torien de l'antiquité s'il avait eu à expliquer de semblables vicissitudes. Mais l'esprit moderne a éliminé les divinités inconscientes du domaine de l'histoire, et les a remplacées par l'observation et par l'étude attentive des faits. Il remonte des effets aux causes et forme ainsi une chaîne logique dont tous les anneaux sont soudés entre eux d'une manière indestructible et inéluctable. Voilà ce qui constitue la fatalité dans l'histoire.

Je vais donc vous prier, Messieurs, de remonter avec moi à une époque antérieure à celle dont je parle, afin de mieux saisir les tragiques péripéties de ce grand travail d'enfantement, qui devait donner naissance à l'organisation des sociétés modernes. Pour réussir dans une pareille tâche il faudrait, je l'avoue, une voix plus autorisée et plus éloquente que la mienne; mais je compte sur votre bienveillance pour faire compléter par votre pensée ce que ma parole aura été impuissante à mettre en plein jour.

On dit, communément, que les proverbes sont des maximes qui expriment la sagesse des nations; et vous connaissez tous, sans doute, l'adage si fréquemment usité: les extrêmes se touchent. Thiers, l'immortel historien de l'immortelle époque, qui absorbe toutes nos pensées en ce moment, a complété cet adage en l'amplifiant d'une manière anssi heureuse que vraie: non seulement les extrêmes se touchent, a-t-il dit dans un de ses mémorables discours, mais ils s'engendrent aussi. Paroles profondes dont la Révolution Française prouve la vérité d'une façon éclatante et terrible.

Lous XIV, en un moment d'orgueil, avait pu dire: «l'Etat, c'est moi.» Trois générations après, le peuple français dira à son tour: La nation, c'est moi.» Mais entre ces deux extrêmes, il y a une période d'incubation. C'est celle qu'ont remplie les immortels écrivains du XVIII Siècle: les Voltaire, les Rousseau, les Diderot, les d'Alembert et toute cette pléïade d'hommes remarquables que l'humanité impartiale ne cessera jamais d'admirer.

Le Soleil resplendissant de Louis XIV s'étant couché dans un ciel assombri, la nation française put se recueillir et méditer. De ce recueillement méditatif surgit l'esprit du XVIII Siècle.

De grands penseurs, qui étaient en même temps de grands philanthropes, sentirent et propagèrent par leurs écrits dans le monde cette double vérité: que l'homme moderne avait soif de raison dans le domaine religieux, et soif de liberté et de justice dans l'ordre politique. Ils ne purent, malheureusement, réaliser que la première partie de leur doctrine: ils relevèrent la raison, la placèrent sur son piédestal légitime et firent, en son nom, une guerre implacable aux abus, aux préjugés, aux superstitions, en un mot à toutes les erreurs et à toutes les iniquités, qui rongeaient l'ancienne société et ravalaient la dignité et la conscience humaine; ils abattirent de leur hache acérée toutes les branches pourries de l'arbre féodal; ils mirent l'homme civilisé en possession de sa raison et de sa dignité; mais le temps leur manqua pour lui donner aussi la liberté. Ils léguèrent cette seconde partie de leur programme humanitaire à des successeurs qu'ils ne pouvaient désigner d'avance.

Ah! Si la royauté, la noblesse et le clergé, qui étaient encore omnipotents, avaient voulu se charger de ce legs pieux et offrir spontanément au peuple altéré la coupe de la liberté en lui disant: "bois, rassasie-toi;" le peuple y aurait bu avec modération et gratitude et la Révolution n'aurait pas été entraînée à commettre les excès qui ont maculé la grandeur et la beauté de son œuvre! Pouvait-on, cependant, l'égoïsme humain étant connu, exiger de ces trois institutions le sacrifice spontané de leurs prérogatives et de leur privilèges, que le temps semblait avoir rendus imprescriptibles en les entourant d'une auréole de légitimité? C'eût été, peut-être, trop espérer de la nature humaine. Soyons donc enclins à l'indulgence envers les classes privilégiées tant qu'elles ne firent que défendre ce qu'elles considéraient comme leurs droits légitimes, en discutant avec le peuple et en cherchant à le convaincre par la raison.

Malheureusement, leur opposition revêtit bientôt une forme qui exaspéra le peuple. Elles fomentèrent pour sauver leurs intérêts privés, la discorde civile dans l'intérieur et excitèrent au mépris et à la haine de leur patrie les gouvernements et les peuples étrangers. Leurs machina-

tions aboutirent à l'invasion de la France et à la publication
du fameux manifeste du Prince de Brunswick par lequel
celui-ci sommait le peuple français de reprendre ses fers.
Elles déchaînèrent ainsi sur elles mêmes, sur la France et
sur l'Europe entière, l'ouragan qu'elles auraient pu arrêter
à temps par des concessions équitables et opportunes. Mais
hélas! sauf quelques brillantes exceptions elles ne prirent
aucune initiative généreuse! Ce peuple, qu'elles avaient
opprimé durant des siècles, j'ai déjà dit comment elles
l'accueillirent le jour de la réunion des Etats-Généraux.

Non contentes de l'avoir abreuvé de dédains et d'humi-
liations, elles recoururent d'abord à la ruse et à l'intrigue,
bientôt après à la guerre civile la plus hideuse, sous le mas-
que de la religion, et finalement à la protection des bayon-
nettes étrangères. C'est alors que le peuple français, exas-
péré et affolé, résolut de se faire l'impitoyable exécuteur
testamentaire de la pensée des grands hommes qui avaient
prêché son émancipation.

Il revendiqua ses droits avec autant de violence et d'a-
charnement que ses adversaires en mettaient à les lui re-
fuser. Et si nos cœurs nous poussent à la pitié envers les
victimes du débordement révolutionnaire, seront-ils assez
durs pour nous défendre de jeter un manteau de pardon
et d'oubli sur l'immense hécatombe de ceux qui sont morts
pour conquérir et nous léguer le droit de vivre libres? Le
volcan allumé par eux ne les a-t-il pas du reste suffisamment purifiés en les dévorant eux-mêmes en très grande
partie? Pour les juger avec équité, il faut séparer le bien
du mal qu'ils ont pu faire, de même que pour apprécier la
valeur de l'or, il faut le séparer des viles matières qui l'en-
tourent.

Fermons plutôt les yeux sur leurs fautes, et ne les ouvrons que pour les fixer éblouis sur cet arbre magnifique
de la Liberté qu'ils ont arrosé de leur sang, dont nous sa-
vourons aujourd'hui les fruits bienfaisants, et à l'ombre
duquel se développent les sociétés modernes en marchant
toujours, malgré quelques arrêts périodiques, vers un but
sublime, vers le progrès indéfini, qui n'est autre que la
fraternisation des peuples entre eux. Car, Messieurs, on serait injuste envers le peuple français si l'on croyait qu'en

sapant les avilissantes institutions du Moyen-Age il n'ait pensé et agi que dans son intérêt exclusif. Non, Messieurs, le caractère français, malgré ses imperfections et ses faiblesses, est essentiellement formé par un levain de généreux et chevaleresque idéal.

Quand les croyances religieuses étaient plus fortes dans le monde, on l'appela le soldat de Dieu; et le cycle des croisades, si fortement soudé à l'histoire de la France elle-même, fît éclore une série d'actes ,d'héroïsme et d'abnégation tellement sublimes qu'ils méritèrent d'être racontés sous le titre: *Gesta Dei por Francos*, ce que Dieu a fait par les Francs. Après avoir été le champion de la Foi, l'esprit des siècles exerçant son influence sur ce levain de générosité que j'ai mentionné tout à l'heure, il se convertit en apôtre et en martyr des idées humanitaires. Ici les exemples abondent.également.

Les provinces de l'Amérique du Nord se décident à secouer le joug de la puissante Albion. Lafayette arme un navire à ses frais et vole à la tête de quelques vaillants compagnons, porter le concours de son courage et de son dévouement aux patriotes américains, non par haine pour l'Angleterre, mais par amour pour la liberté. La France tout entière suit, avec le cœur palpitant, les péripéties de cette lutte gigantesque de la liberté contre le despotisme, finit par y prendre part, et contribue par le poids de son épée à faire pencher la balance du coté de la justice.

Ici, Messieurs, je vous demanderai la permission de rapprocher un peu les dates et de dire aussi quelques mots des peuples de l'Amérique du Sud, qui sont nos frères par le sang. Quand ceux-ci, combattaient, à leur tour, pour leur émancipation, la France ne put faire pour eux ce qu'elle avait fait pour l'Amérique du Nord. En cette époque, elle luttait depuis quinze ans contre l'Europe entière, et son cœur, d'ailleurs, se trouvait comprimé par une main de fer.

Cependant, à juger par les noms que portent plusieurs hommes distingués dans ces contrées, je me plais à supposer que plus d'un parmi eux doit être le fils ou le petit fils de quelque champion français accouru spontanément pour combattre en faveur de leur indépendance. Il y a, en outre, une chose très-importante à noter au sujet de cette période, et dont, du reste, je n'entends tirer aucune vanité pour mon pays.

Lorsque les peuples de l'Amérique du Sud livraient contre les armées espagnoles ces mémorables combats, par lesquels ils montrèrent au monde qu'ils étaient dignes de la liberté, l'Espagne se trouvait épuisée et languissante par la lutte héroïque qu'elle soutenait elle même contre Napoléon premier. Les circonstances, ai-je dit, ne permirent pas au peuple français de jouer un rôle direct dans ce grand drame; cependant, Dieu, comme pour le consoler de l'iniquité commise envers l'Espagne, permit que cette même iniquité servît indirectement à faciliter le triomphe de la liberté dans cete moitié du nouveau monde.

Mais puisque le sujet principal de mon discours est la Révolution de 1789, je veux prendre, dans la tourmente même qu'elle a soulevée, un exemple bien fait pour donner une juste idée de la noblesse du caractère français.

Ce n'est pas dans les chants de guerre que percent d'habitude les sentiments d'humanité. Eh! bien, Messieurs, ce terrible et sublime cri de guerre qu'on appelle *la Marseillaise*, qui a surgi comme un torrent de lave du cratère révolutionnaire, qui a retenti sur tant de champs de bataille, ce cri de guerre, dis-je, contient une strophe dont je livre l'attendrissante élévation à l'appréciation de vos cœurs.

Le poète, après avoir excité les Français contre les tyrans, leur adresse, à l'égard des peuples, ces paroles aussi touchantes que sublimes.

> *Français, en soldats magnanimes*
> *Portez ou retenez vos coups;*
> *Epargnez ces tristes victimes,*
> *A regret s'armant contre nous.*

Voilà, Messieurs, quels sentiments animaient le peuple français, au milieu de la tempête révolutionnaire, envers les peuples qui le combattaient à contre cœur. C'est l'âme pleine de ces sentiments, et les yeux fixés sur l'idéal qu'ils

engendrent que nous avons toujours couru aux secours
des nations opprimées luttant pour leur indépendance.

La France, épuisée par vingt années de combats, et
portant encore ses lauriers ensanglantés collés sur son corps
mutilé, se lève et marche au secours de la Grèce agonisant
sous le talon d'Ibrahim Pacha, le plus grand et le plus
féroce capitaine de l'islamisme contemporain. Elle le chasse du Péloponèse incendié et ravagé, et contribue ainsi à
la résurrection d'un peuple, qui fut autrefois le flambeau
de l'humanité.

La Belgique et l'Italie, dont on cherche aujourd'hui à
exciter la méfiance contre nous, doivent également leur
indépendance au sang que la France a généreusement
versé pour elles, en n'écoutant que les impulsions de son
cœur.

Tel a été, Messieurs, le rôle que le peuple français a rempli dans le monde. Toujours passionné pour la justice et
la liberté, et quelquefois pour la gloire, il s'est électrisé à
toutes les grandes idées qui ont fait tressaillir l'humanité.
Il a bu à pleines gorgées dans la coupe enivrante de la
victoire, comme dans celle de la défaite, car il a livré à
lui seul plus de batailles que bien des nations réunies, et
il tient constamment fixés sur lui les regards de l'univers
étonné tour à tour de ses triomphes, de ses chutes et de
ses relèvements.

Je ne me permettrai pas de dire qu'il est le plus grand
des peuples; mais j'oserai dire qu'il en est assurément le
plus brillant et le plus épique, car, pour trouver des annales aussi colossales et aussi émouvantes que les siennes,
il faut remonter jusqu'au peuple romain, ce géant de l'antiquité.

Au moment même où j'ai l'honneur de parler devant
vous, son génie, aussi souple et aussi fécond que puissant,
émerveille le monde par les prodiges de sa création.

L'exposition actuelle, Messieurs, n'est pas comme celles
qui l'ont précédée un hangar plus ou moins élégant où l'on
étalait les marchandises et les produits des différentes
parties du globe; mais bien un concours universel et solennel d'art, de science et d'intelligence. Dans ce pacifique et
noble tournoi, le génie français a su justifier et surpasser

son ancienne renommée. Il a accumulé, dans un espace de quelques milliers de mètres, les féeries et les fascinations et a fait de son incomparable capitale un étincelant panorama où tous les peuples civilisés peuvent fraterniser entre eux, en se contemplant et en s'admirant réciproquement.

Puissent les sentiments de solidarité fraternelle, que ce spectacle éblouissant fera sans doute naître dans le cœur de ceux qui auront assisté à ces panathénées indescriptibles, être assez profonds et durables pour constituer l'aurore d'une nouvelle ère de progrès et de prospérité pour le genre humain!

Je suis sûr, Messieurs, d'interpréter la plus douce de vos pensées en affirmant que le vœu que je viens d'exprimer est sincèrement partagé par vous tous; mais je ne le suis pas moins en affirmant également que, si notre patrie bien aimée, malgré son désir de vivre en paix avec tout le monde, était forcée de faire un jour appel à votre dévouement, vous sauriez le mesurer sur la distance qui vous sépare d'elle, et qui ne fait que rendre encore plus chère son image que vous portez tous gravée dans vos cœurs.

Vive la France! Vive la République!

M. VILLAGRAN.

Señores:

Hoi, 14 de Julio, centenario de la Revolucion francesa, pais privilejiado, porque parece que una Providencia tutelar hubiese elevado hermosas cadenas de montañas, acercado los mares del Atlántico y Mediterráneo, trazado las corrientes de tantos rios, para hacer de aquella nacion el pais mas floreciente del globo. Su capital engrandecida, renovada, embellecida constantemente, ha llegado a ser una de las ciudades mas hermosas del mundo. Es el gran foco de la civilizacion, la ciudad por excelencia de las artes, las letras y el buen gusto, el centro del mundo y la verdadera capital de la Europa. La ciudad luz, como decia Víctor Hugo.

Así como a esta gran nacion la naturaleza la ha dotado de tantos beneficios, así sus nacionales, aprovechándose de ellos, son los que como factor cooperan a la realizacion del engrandecimiento de la República, con la union que es lo que constituye la fuerza y con sus sentimientos patrios que la distancia que los separa de ella, los acerca por medio de las manifestaciones que hoi dia se realizan, en que a todo ciudadano frances late su corazon lleno de júbilo y contento, al verse ellos desprendidos de las cadenas que a sus antepasados oprimian.

En estos momentos la Francia abre sus puertas a la gran Esposicion Universal, y si en ella hai mucho que admirar, tambien hai algo que asombra y abisma al mundo entero: la colosal torre de Eiffel, en que solo al injenio del frances le es dado realizar aquellas maravillás.

Pertenezco a una lojia, lo cual me obliga a hacer un grato recuerdo y por consiguiente a pedir una copa, por el ejército frances; por esa noble falanje que con el arma al brazo espera el toque del clarin guerrero, para ir a despertar a dos hijas que duermen en brazos del letargo.

Por la prosperidad de la República francesa y sus nacionales aquí presentes.

M. URIBE.

CONTRE-ALMIRAL

Señores:

Todo pueblo republicano debe gratitud a la Francia, pues que fué en su hermoso suelo donde por vez primera prendió la libertad, luz cuyos refuljentes y vivificantes destellos irradiaron por el orbe todo, haciendo jerminar en la humana especie la semilla de la augusta libertad que Dios a la par de la vida siembra en nuestro corazon al nacer.

Chile tiene todavia para la Francia otra deuda de gratitud. En sus ejércitos y por la santa causa de su emancipacion política batallaron derramando su sangre jenerales y oficiales franceses.

No os debe parecer, pues, estraño que los chilenos se asocien a esta fiesta como hermanos y que con vosotros griten con ferviente y sincero entusiasmo: ¡Viva la Francia!

~~~~~~~~~~

M. IZQUIERDO.

Jamás, señores, se ha puesto mas de relieve la grandeza de un pueblo que en estos momentos, en que la conmemoracion de uno de los mas trascendentales acontecimientos políticos y sociales que se rejistran en la historia humana, reune en la capital de la Francia millares de personas llegadas de todos los estremos del mundo civilizado.

Allí, las audacias de la industria, los nobles atractivos del arte, las luminosas manifestaciones del injenio y todo lo que puede y encierra la ciencia, han conjurado su accion para que Paris sea en esta hora un foco que refleja con fuerza poderosa y desde el cual se esparce la brillante civilizacion del siglo en que vivimos.

En el desenvolvimiento inevitable de las leyes históricas, la Francia ha llegado a este estremo despues de haber recorrido un siglo en una esplosion alternativamente majestuosa y tremenda. Desde que la asamblea nacional de 1789 proclamó los principios que constituyen la filosofía política moderna, bajo la hermosa divisa de Libertad, Igualdad, Fraternidad, hasta hoi, la Francia, ora monarquía, ora imperio, ora república, ha atravesado horas de fortuna y horas de angustias para el patriotismo.

Pero de igual manera bajo la gloria militar del primer Napoleon, que a la luz rojiza de los sangrientos desbordes de la comuna, de igual manera cerca que lejos de Sedan, el brillo del injenio y de la cultura francesa ha permanecido constantemente en pié, alimentado por sus hombres de ciencia, por sus artistas y escritores incomparables. La vieja Francia de Le Sage, Corneille, Diderot, y Voltaire, no dista mucho de la Fracia jóven y vigorosa de Hugo, Balzac y Littré.

Dominando por la fuerza intelectual, la nacion francesa ocupa entre todas un sólio mas imperecedero y envidiable que cualquier otro. Si bajo la presion de un doloroso desaliento, la industria se hubiera sentido fatigada y la actividad material hubiera menguado, no por tanto las miradas de los contemporáneos y de la historia se hubieran apartado del pueblo que basta por sí solo para la gloria literaria de una época.

Pero en las horas de desastre, el patriotismo frances supo encontrar latidos vigorosos. Pero eso despues de 18 años de una república organizada bajo los seculares principios del 89, la Francia se presenta erguida y fuerte a la contemplacion universal.

Por eso el Presidente de la República, M. Carnot, ha podido decir ayer, en el lenguaje sobrio y severo de los verdaderos estadistas, que la Francia se encontraba en toda la plenitud de su poder y de su libertad.

¡Por la Francia, señores, que es vuestro orgullo de patriotas! ¡Por la Francia, que es vuestro orgullo de hijos de un siglo ilustrado por sus glorias!

M. J. MAURY.

Messieurs,

Après toutes les magnifiques paroles que nous venons d'entendre, il me semble qu'il ne reste rien à dire.

Quelles pensées nouvelles, quels mots nouveaux pourrait-on trouver pour exprimer dignement les sentiments grandioses qu'ont réveillés dans nos cœurs ces discours émouvants?

Et cependant, on m'a confié l'honneur de parler en ce jour; j'en suis fier, je dois parler.

Eh bien! oui, au risque de fatiguer votre bienveillance, je parlerai; oui, je répeterai encore ce qui a été répété tant de fois; oui, je glorifierai encore et toujours la Révolution française.

Ah! depuis que le monde existe, il y a eu bien des bouleversements; mais, entre toutes les convulsions qui ont secoué l'humanité, rien n'égale ce tremblement d'idées qui, semblable au plus formidable des tremblements de terre, a jeté bas l'édifice de la hiérarchie sociale que nos ancêtres avaient mis des siècles à construire.

On ne trouve rien de comparable dans l'histoire du genre humain. Plus on médite sur la portée de cet évènement, plus on est saisi de son immensité.

On n'a jamais vu une nation se reconstituer au nom du droit absolu et de la vérité pure.

On n'a jamais vu l'âme d'un grand peuple se délivrer d'une enveloppe usée et se refaire un nouveau corps.

Et c'est ce que le peuple français a fait en faisant la Révolution.

La Révolution française a tout changé, tout transformé, tout marqué à son effigie; c'est l'unique vérité, l'unique réalité de notre pays et de tous ceux qui l'ont imité.

Aujourd'hui, le seul souverain, c'est le droit: et le droit suprême, c'est la liberté sous toutes ses formes.

Laissez-moi vous redire ce que nous fêtons en ce jour afin qu'au dehors on ne fasse pas d'équivoques malsaines et préméditées.

Ce que nous fêtons, qu'on le sache bien,

C'est l'abolition des priviléges;

C'est la supression des droits du seigneur;

C'est la proclamation des droits de l'homme;

C'est la liberté de conscience;

C'est le sujet, l'esclave, l'ancien serf devenu citoyen et pouvant aspirer, selon ses capacités, aux premiers emplois de la nation;

C'est le pauvre pouvant conquérir la fortune par son travail que protège la loi:

C'est l'école rehaussant le niveau intellectuel de l'humanité, enseignant à chacun ses droits et ses devoirs, diminuant la misère et le crime;

C'est la Liberté excitant l'intelligence, développant le progrès et l'industrie qui ont enfanté les merveilles de notre siècle;

C'est l'Egalité devant la loi supprimant la haine et l'envie;

C'est la Fraternité rapprochant les hommes et encourageant tous les dévouements.

Liberté, Egalité, Fraternité, mots magiques dont on a

pu abuser, mais grande trilogie, noble devise qui est celle de la République, fille de la Révolution.

Voilà la Révolution française, la vraie Révolution, voilà ce que nous fêtons.

Voilà pourquoi cette fête, que je voudrais pouvoir appeler la fête de la Confédération humaine, trouve dans nos cœurs un écho vibrant.

Voilà pourquoi nous, Français, nous avons en ce moment l'honneur et la joie d'avoir à nos côtés les premières autorités de la nation Chilienne, de cette nation républicaine qui a toujours suivi les voies de la Révolution, et dont nous admirons la libre constitution et la virile indépendance.

Félicitons-nous, poignée de Français, qui vivons et travaillons au Chili, de pouvoir en ce jour, si loin de notre chère patrie, célébrer la plus grande fête de la France, le centenaire de la Révolution française, sur une terre républicaine, au milieu de citoyens libres, et à l'ombre du drapeau chilien, dont les couleurs nous rappellent le drapeau français.

Notre joie serait encore plus grande si la révolution française avait achevé son œuvre dans le monde entier, si toutes les nations en acceptaient aujourd'hui les principes et les bienfaits.

Mais, patience, ce n'est qu'une question de temps. Car, voyez vons, il y a dans ce monde une lutte éternelle entre deux puissances contraires: l'idée et la force.

La force est impuissante pour organiser quelque chose de durable. Non, jamais la force ne primera le droit. Le sabre aura pu faire quelques conquêtes brutales mais passagères.

L'idée marche, elle marche lentement mais sûrement, elle marche partout et toujours, elle marche en ce moment même dans tous les pays de la vieille Europe, en Espagne, en Italie, en Autriche, en Allemagne et jusque dans la froide Angleterre. Et quand l'heure sera venue, quand les peuples seront prêts, quand l'idée aura fait son œuvre, elle s'imposera, elle éclatera, elle brisera le sabre, elle brisera les dynasties et les trônes, et la République se dressera victorieuse pour unir enfin toutes les nations.

Voilà ce qu'aura produit la révolution française.

Saluons, messieurs, avec respect, avec amour, les hommes de la révolution:

Ceux qui l'ont preparée.

Ceux qui l'ont accomplie.

Ceux qui l'ont défendue.

Saluons les géants lutteurs de 1789. Saluons aussi leurs dignes enfants de 1848 et de 1870.

Saluons tous les défenseurs du droit à quelque pays qu'ils appartiennent.

Unissons dans la même gloire tous les héros de l'indépendace et de la liberté.

Messieurs:

Nous allons vider cette coupe à la mémoire de ces vrais bienfaiteurs de l'humanité, qui nous ont légué les biens immenses dont nous jouissons aujourd'hui, et que nous jurons de transmettre intacts à nos descendants.

A la mémoire des hommes de la révolution!

Et maintenant que les accords de la Marseillaise, l'hymne de la France, l'hymne de la révolution française, retentissent avec le cri de:

Vive la république!

M. PONCE DE LEON.

Messieurs:

LE HERALDO, journal dont la Rédaction admire les principes proclamés par les grands citoyens de la Révolution française, principes d'égalité et de progrès, principes généreux et radicaux, ne pouvait pas rester étrangère à cette splendide manifestation organisée par vous, pour fêter le centenaire de 1789, commencement du plus grand événement que rappellent les siècles, et il m'a fait l'honneur, de me nommer, à la dernière heure, son représentant pour venir porter un verre pour la République française, pour les fils des géants qui firent trembler le monde dans cette date immortelle.

Et j'ai accepté, messieurs, cet honneur avec enthousiasme
parce qu'il s'agissait d'assister à une fête sympathique
pour tout homme qui aime la liberté; parce qu'il s'agissait d'assister à la célébration du centenaire de la délivrance de la nation qui a contribué le plus à civiliser le monde
et à semer partout les grandes idées, parce qu'il s'agissait
de la France, l'unique pays qui a travaillé, non seulement
pour lui mais aussi pour la liberté de tous les peuples, pour
le bien de l'humanité.

C'est un devoir de recconnaissance d'un chilien, de
venir ici prendre la parole pour glorifier une nation qui
célébre aujourd'hui un événement qui a eu une portée universelle, et à qui nous devons, quoique indirectement,
comme tous les pays américains, une partie considérable
de notre indépendance.

Il y a cent ans, le Chili, et toutes les autres colonies
espagnoles, étaient courbées sous le poids de la main de fer
du despotisme des rois d'Espagne. Comme partout, ré-
gnait ici l'ignorance la plus absolue, le fanatisme le plus in-
tolérant, la domination religieuse la plus éffrénée.

Grâce a la Révolution, grâce aux ideés réformatrices re-
pandues par ces immortels ouvriers, nous avons eu le courage d'intenter de secouer le joug espagnol. Et plus tard,
quand nous sommes devenus libres, nous avons fait une
Constitution qui, ainsi que celles de presque tous les peuples américains, a pour base les libérales idées proclamées
dans la *déclaration des droits de l'homme et du citoyen.*

Vous comprenez maintenant, messieurs, pourquoi je
viens de dire que c'était un devoir des chiliens qui aiment
la liberté et le progrès, de ceux qui savent apprécier comme il faut les idées des grands révolutionnaires, de manifester aujourd'hui leur reconnaissance envers votre pays.

Messieurs, ce n'est pas moi qui serai le plus à propos
pour expliquer comment la France a marché à la tête des
autres nations civilisées, comment la France a donné la loi
aux savants, aux littérateurs, aux penseurs de tous les
peuples et de vous expliquer sa supériorité. Il suffit de le
dire; il suffit de savoir qu'elle a été la mère de toutes les
autres nations auxquelles elle a donné la liberté avec ses
idées, avec sa pensée.

Depuis le grand évènement que vous fêtez aujourd'hui,
tous les peuples devraient s'incliner devant la France avec
respect, car les immenses bienfaits de la Révolution ne se
sont pas bornés au cercle de ses frontières; au contraire, ils
ont franchi toutes les barrières et pénétré dans toutes les
nations.

Peut être il y a eu et il y aura encore des pays qui
marcheront devant elles; mais ce sera par leurs conquêtes
ou par leur esprit, par leur générosité, par le haut degré
de civilisation, par les produits artistiques, littéraires et
scientifiques de ses nombreux génies.

Et quand il s'agit de sa puissance intellectuelle, il faut
dire à tous les peuples qui prétendraient à la suprématie:
En arrière! Passage à la France, passage à la pensée du
monde, passage au cerveau de l'humanité!

Je n'ai pas besoin de dire, messieurs, l'état ou se trouvaient la France et les autres pays avant la Révolution,
pour faire remarquer l'immensité de l'œuvre acomplie en
1789. Vous le savez mieux que moi; tout le monde le sait
aussi.

Seulement, permettez-moi, de vous manifester mon admiration pour les hommes qui ont preparé la Révolution,
pour ceux qui l'ont réalisée et pour ceux qui l'ont défendue.

Pour répandre les idées qui remplirent le XVIII siècle
il ne suffissait pas d'un seul homme; il fallait une masse
de semeurs; il fallait une masse de géants de la pensée,
il fallait des Voltaire, des Rousseau, des Montesquieu, des
D'Alembert, des Volney, des Diderot, des Buffon.

Pour l'accomplir, il ne suffisait pas non plus d'un seul
bras; il fallait une phalange de titans tel que les Mirabeau, les Siéyes, les Lafayette, les Vergniaud, les Danton,
les Robespierre, les Talien.

Et pour la défendre, il ne suffisait pas d'une armée; il
fallait un peuple entier, il fallait vingt armées et cent généraux, il fallait la foudre même, il fallait Napoleon I.

De même que les idées ne peuvent pas s'enfanter dans
un membre quelconque, mais, dans la partie noble et pen-
sante du corps humain, dans le cerveau, de même la
Révolution ne pouvait pas nâitre hors de France, parce

que votre pays est la tête du grand corps de l'humanité. Pour faire la Révolution il fallait des Français; elle ne pouvait pas naître ailleurs.

Il n'y a pas eu de Voltaire, de Montesquieu en Allemagne ni en Angleterre ni en Espagne.

Pour s'appeller Mirabeau, Robespierre ou Danton il fallait être français.

Pour avoir des Napoléon hors de France, il faut aller les chercher loin, très loin, il faut remonter vers l'antiquité: là nous trouvons des Alexandre, des Annibal, des César; mais l'antiquité est déjà cachée sous la poussière des siècles.

Pour le passé il y a Jérusalem, Athènes, Rome: pour le présent et l'avenir il y a Paris, c'est-à-dire, la France, la vraie France, celle qui est née il y a cent ans, la fille de Rousseau et de Voltaire, de Mirabeau et de Robespierre.

L'histoire n'a pas encore pu juger ces géants, parce que pour mesurer certains personnages il faut attendre des siècles, et Voltaire, Robespierre et Napoléon grandissent de jour en jour et grandiront encore à travers les âges.

Une ère nouvelle a commencé en 1789; beaucoup de nations sont nées depuis lors; il y en a encore qui sont dans l'enveloppe de l'ignorance et du fanatisme; mais leur heure arrivera tôt ou tard. La graine féconde répandue par la Révolution française a pénétré partout et doit produire ses résultats.

L'année 1789 a été un abîme de séparation entre la France esclave et la France libre et libératrice.

La terrible bousculade du 14 Juillet 1789 a détruit à jamais bien des choses: elle a ôté aux rois les instruments de leur tyrannie; elle a détruit la Bastille, le Fort l'Evêque, le grand et le petit Châtelet, le Temple, et tous ces cachots affreux où nobles et plébéiens allaient tomber à un signe du courroux du monarque pour n'en sortir jamais. La Bastille démolie, le peuple respira et l'œuvre immortelle de *rédemption* commença, suivit sa course et s'acheva.

Après cette catastrophe, il n'y aura plus, ni en France ni ailleurs, des victimes de l'inquisition, du clergé ou des rois: plus de classes privilégiées, plus d'infâmes abus des grands, plus de Montespan, de Pompadour ou de Dubarry autour des trônes. On ne verra plus de monarques fusillant le peuple, comme Charles IX, dans la Saint Barthélemy, plus de Louis XV assassinant Damiens!

Buvons, messieurs, un verre pour ces êtres extraordinaires qui répandirent dans le monde le germe de la liberté, et pour ceux qui, plus grands encore que les géants de la fable, réalisèrent ces idées, escaladèrent le ciel inexpugnable du pouvoir absolu des rois, et volèrent, semblables a de nouveaux Prométhées, le feu sacré du droit et de l'égalité de l'homme.

Buvons un verre en honneur du 14 Juillet 1789, et pour la fête qui est celle, non seulement de la France, mais de tous les pays libres.

Nous regrettons de ne pas publier les discours de M. M.

Luis F. Puelma.
Oscar Viel.
Roman Guzman.
Cárlos A. Rodriguez.

Il ne nous a pas été possible de nous les procurer.

Mme H. Jouve

30 Boulevard du Temple 30

Paris

Louis **FOURNIER**

LETTRES INÉDITES

DE

CASIMIR DELAVIGNE, ANCELOT, JULES JANIN

A

JOSEPH MORLENT

Bibliothécaire de la Ville du Havre

BEAUNE

IMPRIMERIE ARTHUR BATAULT

1897

Tiré à 60 exemplaires numérotés

Papier du Japon..............	10
— Hollande............	15
— ordinaire............	35
	60

N°

A LA MÉMOIRE

de M. JULES BAILLIARD

décédé Bibliothécaire de la ville du Havre

En 1891, nous avons consacré à Joseph
Morlent une notice biographique destinée à
faire revivre cette attachante figure et à conserver le souvenir de ses travaux et de ses services.

Aujourd'hui, nous venons compléter notre
premier travail, en publiant ces *Lettres inédites* qui
feront connaître et estimer encore davantage,
dans son pays natal, l'écrivain beaunois qui a
passé plus de quarante ans dans la belle ville du
Havre, où il avait fixé sa résidence.

Ces lettres, adressées par Casimir Delavigne,
Ancelot et Jules Janin à Joseph Morlent, sont
curieuses au point de vue général et précieuses
pour sa mémoire. On y trouve de nombreux et
intéressants détails sur cette belle époque
littéraire, qui est une des gloires de notre siècle
et elles établissent les amicales relations qui,
durant de longues années, existèrent entre eux.
Elles font voir, de plus, en quelle estime ils
tenaient notre distingué concitoyen.

Les autographes réunis en un volume par
les soins de J. Morlent, appartiennent à la

Bibliothèque publique du Havre, et c'est à l'obligeance habituelle de son conservateur, M. Jules Bailliard, — récemment décédé, — que nous en devons la communication. Nous regrettons vivement de ne pouvoir lui adresser nos meilleurs remerciements.

Il est à supposer que Morlent a reçu encore d'autres lettres de ses amis, mais nous ne les connaissons pas, et peut-être sont-elles perdues. Notre publication sera donc forcément incomplète ; nous souhaitons néanmoins qu'elle soit favorablement accueillie à Beaune comme au Havre, où le nom de Joseph Morlent n'est pas oublié.

Louis FOURNIER.

LETTRES

DE

CASIMIR DELAVIGNE

A Monsieur
Monsieur Morlent
au Havre.

Monsieur,

J'ai cruellement souffert depuis le jour où j'ai reçu votre lettre, et le mauvais état de ma santé m'a seul empêché de vous répondre.

La nouvelle donnée par les journaux est fausse, et il n'est guère probable. qu'elle soit jamais vraie. Si mon frère était nommé, il trouverait bien doux de pouvoir vous offrir un dédommagement au quel (*sic*) vous avez tant de droits. Cependant, même dans ce cas, il serait à craindre que l'intendant de la liste civile ne se réservât un droit exclusif sur toutes les nominations du garde-meuble, et qu'il ne s'occupât de celle de mon frère qu'après avoir organisé l'administration.

Croyez toutefois que je serai toujours heureux de vous témoigner l'intérêt bien ardent et bien sincère que je prends à tout ce qui vous touche, et que si je puis vous être bon à quelque chose dans cette circonstance, j'en saisirai l'occasion avec empressement.

Recevez, Monsieur, la nouvelle assurance de tous mes sentiments d'amitié.

Casimir DELAVIGNE.

Paris, ce 1ᵉʳ novembre 1831.

Monsieur

Monsieur Morlent

au Havre.

MONSIEUR ET AMI,

Vous vous donnez bien des soins pour moi et vous devez m'accuser d'ingratitude. Il y a un siècle que je me reproche de ne pas vous avoir encore adressé mes remerciements, mais une indisposition assez douloureuse et mille embarras de théâtre m'ont privé du plaisir de vous exprimer combien je suis sensible au vif intérêt que vous m'avez témoigné. Mon frère s'est occupé de vos affaires et je suis bien désolé de n'avoir point à vous transmettre de sa part une réponse favorable. Monsieur Coupigny doit vous donner des détails à ce sujet ; je crois que les motifs qui s'opposeraient au succès de votre ouvrage sont indépendants du mérite littéraire.

Permettez-moi de vous renouveler mes remerciements et de vous faire agréer mes vœux pour l'année qui commence.

CASIMIR DELAVIGNE.

Mon frère doit vous faire parvenir, sous peu de jours, un exemplaire de *La Neige*.

MONSIEUR,

Je ne puis vous exprimer combien j'ai été sensible à la lettre que vous m'avez fait l'honneur de m'écrire le 24 de ce mois. Au milieu de la douleur qui nous accable, l'hommage que vous nous annoncez devoir être rendu à Casimir par la ville du Havre qui lui a toujours été si chère, a été pour nous une véritable consolation.

Je m'empresse de vous adresser la petite notice que vous m'avez demandée et je vous prie d'excuser le désordre du style. Je suis encore si troublé qu'il m'était difficile de rappeler mes souvenirs et de les exprimer. Vous trouverez sans doute cette note bien insuffisante, et je crois devoir vous indiquer un journal qui donne quelques détails exacts sur ses habitudes et sa manière de vivre dans les dernières années de son existence. Ce journal est l'*Artiste*, numéro du dimanche 24 décembre 1843.

Le meilleur portrait qui ait été fait de Casimir a paru dans la *France Littéraire*, album du salon de 1841, dont l'éditeur est M. Chalamel, rue de l'Abbaye, n° 4. Ce portrait a été lithographié d'après un tableau de Scheffer.

Veuillez agréer de nouveau, Monsieur, l'expression de toute ma reconnaissance, et croire je vous prie à mon entier dévouement.

G. DELAVIGNE.

Paris, le 28 décembre 1843 (1).

Paris, le 30 décembre 1843.

J'ai appris avec bien de la reconnaissance, par la lettre que vous m'avez fait l'honneur de m'écrire le 28 de ce mois, la décision qui a été prise en l'honneur de mon frère par le Conseil municipal de la ville du Havre. Toute notre famille est bien sensible à un si glorieux hommage.

J'ai recherché dans les papiers de Casimir quelques vers inédits écrits de sa main, comme vous me l'aviez demandé, je m'empresse de vous les envoyer ; ces vers, qui n'ont pas été publiés, ont été composés à l'époque où les cendres de l'Empereur ont été rapportées en France, et devaient faire partie d'un poème plus étendu. Je joins à cet envoi la copie d'un discours prononcé sur la tombe de Casimir au nom de la Pologne ; ce discours n'avait été reproduit dans les journaux que d'une manière inexacte.

Veuillez agréer, Monsieur, avec mes nouveaux remerciements, l'assurance de mon entier dévouement.

G. DELAVIGNE.

MAISON DU ROI   Paris, le 4 avril 1844.

CONSERVATION

DU MOBILIER
de la Couronne

MONSIEUR,

J'ai appris comme vous par les journaux qu'une Commission s'était formée à Paris sous la présidence de M. Vatout, pour recueillir les souscriptions destinées au monument de mon frère. M. Scribe que j'ai pu voir un moment, fait partie de cette Commission ainsi que M. Janin et M. David. Il m'a dit que la Commission avait écrit ou dû écrire à M. le Maire du Havre afin de se concerter avec lui, avant de donner à la souscription toute la publicité qu'elle doit avoir. Il a ajouté qu'il s'était chargé d'inviter l'Académie française à vouloir bien contribuer, et qu'il devait en même temps demander une représentation au Théâtre français. Ce sont les seuls détails que j'aie pu me procurer encore, mais si vous écriviez un mot à M. Janin je suis persuadé que vous en obtiendriez tous les renseignements qui peuvent vous être nécessaires.

Veuillez agréer de nouveau, Monsieur, avec tous mes remerciements, l'assurance de ma considération la plus distinguée et de mon entier dévouement.

G. DELAVIGNE.

Monsieur
Monsieur Morlent, rue Caroline, n° 26
au Havre.

Permettez-moi, Monsieur, de vous adresser un exemplaire du dernier ouvrage de mon mari que vous avez si bien apprécié et tant aimé. J'espère bien que quelque circonstance me procurera encore le plaisir de vous voir ; vous avez été un tel ami pour Casimir Delavigne que sa veuve et son fils ne peuvent pas vous rester étrangers.

Recevez, Monsieur, avec la nouvelle expression de toute ma reconnaissance celle de mes sentiments les plus distingués.

P. C. DELAVIGNE.

---

(1) Cette lettre qui émane de Madame Delavigne ne porte pas de date.

Monsieur,

Voici les deux places d'orchestre que je vous ai
offertes pour voir *Charles VI*, dernier ouvrage de
celui à qui vous avez toujours montré tant d'attachement et d'intérêt, de celui à qui vous conservez
un souvenir si vif et si touchant ! Toute sa famille
a été heureuse de vous avoir au milieu d'elle hier
et croyez bien que je n'ai pas été, la moins sensible à ce plaisir. Veuillez recevoir, Monsieur,
l'expression des sentiments tout dévoués et recon-
naissants de la veuve et du fils de votre *compatriote*
Casimir Delavigne (1).

---

(1) Cette lettre, à laquelle il manque la date et la signature, est
également de Madame C. Delavigne.

LETTRES

D'ANCELOT

Paris, 5 mars 1841.

Monsieur,

J'ai reçu un numéro de la *Revue du Havre*, dans lequel un article est consacré à mon élection académique ; j'éprouve le besoin d'en remercier l'auteur, mais je ne le connais point, et je crois pourtant ne pas me tromper d'adresse en vous priant d'agréer les expressions de ma vive reconnaissance.

Il m'est doux, Monsieur, de trouver un écho pour ma joie dans le cœur de mes concitoyens, et tout succès s'embellit des honorables sympathies qu'il éveille. Croyez donc à toute la gratitude que m'inspire votre bienveillant intérêt : j'espère avoir, à l'époque des vacances, l'honneur de vous en offrir de vive voix le sincère hommage.

Je suis avec une haute considération,
Monsieur, votre humble et obéissant serviteur.

ANCELOT.

Monsieur
Monsieur J. Morlent, rue Caroline, n° 30
au Havre (Seine-Inférieure).

THÉÂTRE
DU
VAUDEVILLE

Paris le 1er octobre 1844.

MONSIEUR,

J'ai mieux fait que de répondre par écrit à la lettre que vous m'avez fait l'honneur de m'adresser,
je suis allé au Havre et je vous ai cherché, d'abord
rue Caroline, n° 26, où l'on n'a pu m'indiquer
votre demeure, puis dans les bureaux du *Courrier*,
rue Beauverger, où l'on m'a dit que vous habi-
tiez dans la rue Corneille, n° 13. Je m'y suis
rendu, en compagnie de mon ami Lacorne(2), mais
je n'ai trouvé ni domestique, ni concierge, à qui
j'aie pu remettre ma carte, et je partais le lende-
main.

Je me proposais, Monsieur, de vous écrire à
mon retour à Paris, pour vous dire que je serai
très charmé de vous donner pour votre ouvrage le
discours que vous voulez bien me demander.
J'aurai l'honneur de vous voir au Havre à l'époque
de l'ouverture du Théâtre, et mon travail sera mis
par moi à votre disposition.

Je saisis cette occasion pour vous remercier de
vos bons offices et de la bienveillance que .me
témoigne la feuille que vous rédigez; je vous prie
de me la continuer, car si je méprise profondément
les attaques de certaines gens, je suis très sensible

au bon vouloir des personnes que j'estime et je suis heureux de pouvoir leur exprimer ma reconnaissance.

Veuillez agréer, Monsieur, l'assurance de ma considération la plus distinguée.

Votre humble et obéissant serviteur.

ANCELOT.

Paris, 11 novembre 1844.

Monsieur,

Je n'ai pas encore eu l'honneur de vous écrire depuis mon retour à Paris, et j'ai cependant tant de remerciements à vous adresser. Je dois vous paraître bien coupable, mais vous m'excuserez quand vous saurez quelles innombrables affaires ont dévoré tous mes instants. Aux préoccupations qui m'assiègent est venu se joindre le jury dont je fais partie en ce moment, et qui m'enchaîne loin des graves intérêts dont toute ma vie est peuplée; enfin chaque jour qui s'est écoulé m'a vu formant le projet de vous écrire, et manquant forcément à cette promesse que je me faisais à moi-même.

Veuillez donc me pardonner, Monsieur, et croire à toute la reconnaissance que m'ont inspiré vos gracieux et obligeants procédés pour moi. Vous avez eu la bonté de me défendre contre de déloyales attaques, je ne l'oublierai jamais; j'ai lu avec un vif sentiment de gratitude ce que la *Revue du Havre* a répondu à des gens qui me poursuivent de leur malveillance haineuse, je ne sais pourquoi; si j'oublie aisément (parce que je les méprise beaucoup) les injures de ceux qui se sont faits mes ennemis, il n'en est pas de même pour les personnes dont la bienveillance m'a prêté secours, veuillez en être convaincu.

J'ai reçu la lettre que M. le Maire m'a écrite au nom du conseil municipal ; j'y ai été bien sensible et je vais lui écrire pour le remercier.

Je vais avoir l'honneur de vous envoyer ce que vous avez bien voulu désirer : les petits présents entretiennent l'amitié, dit-on, c'est le seul mérite qu'aura celui que je vous fais, si vous voulez bien me conserver la vôtre.

Il me sera doux, Monsieur, quand je retournerai dans ma ville natale, de penser que j'y trouverai un ami de plus, dont j'aurai tant de plaisir à serrer la main.

Veuillez agréer l'expression de mes sentiments les plus affectueux et me croire,

Votre tout dévoué,

ANCELOT.

Paris, le 8 novembre 1850.

MONSIEUR ET HONORABLE CONCITOYEN,

J'ai reçu le journal que vous avez eu l'obligeance
de m'adresser, et j'ai lu avec une vive reconnaissance le souvenir bienveillant que vous avez accordé
à mes vers ainsi qu'à l'auteur. Une indisposition
qui m'a retenu et tourmenté pendant quelques
jours m'a empêché de vous exprimer plus tôt ma
gratitude. Rien ne saurait m'être plus doux
que les témoignages de sympathie qui me viennent
d'un pays qui m'est cher à tant de titres, et les
vôtres, Monsieur, me seront toujours extrèmement
précieux.

Veuillez me conserver les bons sentiments auxquels je tiens et agréer, avec tous mes remerciements, les nouvelles assurances de ma haute considération comme de mon affectueux dévouement.

Votre humble et obligé serviteur.

ANCELOT.

░░░░░░░░░░░░░░░░░░░░░░░░░░░░░░░░░░░░░░░

Paris le 12 mai 1852.

Monsieur et très aimable compatriote,

J'ai bien des pardons à vous demander pour le
retard que j'ai mis à répondre à votre obligeante
lettre : M. le docteur Lallemant (3) que j'ai eu
l'honneur de voir et qui m'a remis votre duplicata,
vous a expliqué, je l'espère, la cause de ce tort
involontaire. Votre lettre m'a pris au milieu des
horreurs d'un déménagement; depuis six semaines
je suis dans les embarras et le désordre qui
accompagnent cette pénible opération, n'ayant pas
un coin pour me poser, une plume pour écrire, un
instant pour penser et accablé de la fatigue que
donne l'arrangement d'une bibliothèque assez
considérable. Il s'en faut de beaucoup que tout soit
terminé, mais enfin j'ai conquis une petite place où
je puis m'asseoir et j'en profite pour vous offrir et
mes excuses et mes remerciements.

Je ne me suis jamais occupé de numismatique,
mon cher et honoré concitoyen, et je n'ai pas une
médaille à ma disposition; je suis donc, à mon grand
regret, dans l'impossibilité absolue de faire à notre
ville les cadeaux qu'il me serait si agréable de lui
offrir. Quant à mes œuvres et à celles de Madame
Ancelot, que vous voulez bien souhaiter pour la
bibliothèque, c'est une autre affaire. J'aurai le
plaisir de vous les porter au mois d'août.

L'Académie s'est déjà occupée de la cérémonie
que vous m'annoncez, et cela à l'occasion de l'inauguration de la statue de Gresset à Amiens, où j'ai,
vous avez pu le voir dans les journaux, présidé
la députation de l'Académie et prononcé un discours. Dans la conversation qui eut lieu au sujet
des statues de Bernardin de Saint-Pierre et de
Delavigne je fus désigné tout d'une voix pour faire
partie de la députation académique, et cela était
tout simple; mais M. de Salvandy (4), notre confrère, qui se rattache au Havre par son mariage avec
Mlle Feret (5), et qui fut d'ailleurs le condisciple de
Casimir, réclama l'honneur d'être envoyé aussi à
la cérémonie, et comme le discours est chose dont
il est très friand, je me fis un plaisir de lui procurer
cette occasion de se livrer à son goût favori. Il eut
pourtant été étrange que je gardasse le silence et
il a été convenu entre nous que je composerais
pour la circonstance quelques vers que je débite-
rais, après qu'il aurait donné carrière à son élo·
quence *en prose*. Voilà, mon cher et aimable com·
patriote, les dispositions provisoires que nous avons
prises; je vous les communique confidentiellement.

Maintenant ce que M. le Maire de la ville devra
faire, ce sera, quand l'époque de la cérémonie aura
été fixée irrévocablement, d'écrire à l'Académie
pour l'en informer officiellement et la prier d'envoyer au Havre une députation. *Il sera convenable,*
je crois, et je verrai avec plaisir et gratitude que,
dans sa lettre M. le Maire veuille bien exprimer
le désir que je fasse partie de la députation. Il
paraîtra tout naturel que mon nom se trouve sous

sa *plume et moi je tiendrais cela à grand honneur*.
Je vous confie ce vœu, cher Monsieur Morlent, et
je vous prie de diriger dans ce sens les idées de
M. le Maire : vous comprenez qu'il me sera agréable
d'être *souhaité* par mes concitoyens en même temps
que je serai député par l'Académie.

Dès que je vais être un peu casé, je vais songer
au morceau que je dois composer pour la cérémonie en question. Je ne me dissimule pas que ce soit
encore, quoique je fasse, une occasion d'injures et
de grossièretés que j'offrirai à certains gazetiers
du Havre ; mais qu'importe ? Fais ce que dois,
advienne que pourra.

Je vous remercie, mon honorable ami, des bons
offices que vous êtes disposé à me rendre, en cette
circonstance, je les accepte et les réclame au
besoin avec confiance et gratitude, et, en attendant
que j'aie le plaisir de vous serrer cordialement la
main, je vous prie d'agréer la nouvelle expression
de mon sincère et bien affectueux dévouement.

Tout votre,

ANCELOT.

Rue de Lille, nº 9, faubourg Saint-Germain.

Paris, 10 juillet 1852.

MONSIEUR ET CHER COMPATRIOTE,

J'aurais voulu répondre plus tôt à votre aimable lettre du 2 de ce mois; mais j'ai attendu que j'eusse quelque chose à vous dire, touchant l'idée de Régnier (6) dont je vous avais fait part. Malheureusement tout cela me semble devoir rester sans effet. L'Administration du Théâtre Français ne paraît pas très empressée de donner suite à ce projet; il y a eu récemment de vives altercations entre elle et Mme veuve Delavigne, qui a retiré du Théâtre, par acte d'huissier, une bonne partie du répertoire de Casimir, de sorte que les relations sont loin d'être amicales entre la famille et l'Administration. D'un autre côté, Régnier, qui avait pris cette initiative et qui aurait pu servir d'intermédiaire, est parti en congé. Dieu sait où il est et quand il doit revenir. Je crois donc que le parti le plus simple et le plus court est de ne plus songer à cela et *de prendre que je ne vous ai rien dit :*

Verba et voces, prœtereaque nihil

Je vous remercie de ce que vous me dites au sujet de *la forme* de la lettre de M. le Maire à l'Académie. Vous avez compris que je dois tenir à l'honneur d'être désigné par ma ville natale et l'Académie, qui trouve cela tout naturel, s'y attend. Je pense que la Municipalité du Havre ne tardera pas beaucoup à écrire au *Directeur de l'Académie* pour lui annoncer l'époque de la cérémonie et lui demander la députation qui doit y assister : nous avons du reste encore un mois d'ici là et le temps est à nous.

Je me suis très sérieusement occupé de la tâche poétique qui m'était imposée, et maintenant me voilà *au vent de ma bouée*, comme nous disons, nous autres enfants de l'Océan. Plaise à Dieu que mes chers concitoyens ne soient pas très mécontents ! Ce n'était pas chose *très facile* que cette appréciation poétique de deux écrivains si remarquables, avec des physionomies si diverses ; peut-être que ceux qui m'entendront désireront-ils que c'eût été impossible.

Au revoir, mon cher compatriote, recevez, je vous prie, la nouvelle expression de mon bien affectueux dévouement.

Tout votre,

ANCELOT.

24

INSTITUT NATIONAL   Paris, le 2 août 1852.
DE FRANCE
—

MON CHER ET AIMABLE COMPATRIOTE,

Merci mille fois des obligeantes lignes que je viens de lire dans votre *Revue du Havre*. J'ai encore un ennui à vous donner : je vous prie de vouloir bien retenir à l'Hôtel des Indes, *en place d'une des chambres à deux lits, deux chambres à un lit*, ce qui fait maintenant :

Une chambre à deux lits.

Quatre chambres à un lit.

Total *cinq chambres au lieu de quatre*, mais *une seule à deux lits*.

C'est l'adjonction de M. Michel Chevalier (7), qui nécessite *cette chambre de plus* et comme je renonce à prendre mon beau-frère, dans l'impossibilité de lui avoir une place au banquet, je renonce à la chambre à deux lits que je destinais à notre commun logement.

Encore une fois merci et pardon de mes importunités ! A samedi ! Nous comptons prendre le convoi d'une heure après-midi qui est un départ de grande vitesse.

Je vous serre cordialement la main.

Tout à vous,

ANCELOT.

Monsieur Morlent, bibliothécaire de la ville,
rue Bernardin de Saint-Pierre,
au Havre (Seine-Inférieure).

Paris, le 14 août 1852.

MON CHER ET EXCELLENT AMI,

Merci, merci mille fois pour votre bonne nouvelle ! Rien ne saurait m'être plus précieux que ce
souvenir durable qui m'est accordé par un de mes
concitoyens ; mais, en le remerciant du fond du
cœur, je n'oublie point pourtant, que le premier, vous
avez eu pour moi cette bonne pensée, et, parce
qu'un autre a la bonté de la réaliser tout de suite,
vous n'en avez pas moins la première place dans
mon affectueuse reconnaissance.

Je vous envoie ci-jointe la lettre pour M. Fingado (8) ; veuillez la lui remettre.

Dès que M. Salvandy sera revenu à Paris, je lui
rappellerai sa promesse ; j'en ferai autant près de
Boniface (9) quand il sera de retour de Cambrai,
où il est allé assister à une grande fête de jubilé
dont il doit rendre compte.

Je ferai vos commissions près de Pingard (10) et
de Musset (11).

Mme Ancelot (12), à qui j'ai fait part de vos bontés
pour elle, me charge de vous remercier bien fort;
elle se fait une joie de la petite perruche blanche,
et moi je me réjouis de lire lundi la *Revue du Havre*.
On m'a envoyé un journal de Graville où se trouve
un excellent article pour moi ; qui dois-je remer-

3

cier ? Voulez-vous m'acquitter envers le rédacteur
inconnu ?

On imprime le compte-rendu de Musset à l'Académie ; vous y verrez votre nom mentionné. Dès
que Didot aura tiré je vous enverrai cela, ainsi
qu'un ou plusieurs exemplaires de mes vers.

Au revoir, cher et excellent ami ! Recevez la
nouvelle expression de mon sincère et durable
attachement.

Ex imo corde tuus.

ANCELOT.

P. S. — Ayez l'obligeance de cacheter ma lettre
à M. Fingado.   A.

*Lettre à M. Fingado, qui avait fait donner à une rue
du Havre le nom d'Ancelot*

MONSIEUR,

Une lettre que je viens de recevoir de mon ami,
M. Morlent, m'apprend combien je vous dois de
reconnaissance, et je ne veux pas tarder un seul
instant à vous en offrir la vive et sincère expression.
Je ne saurais vous dire à quel point je suis touché
de ce souvenir spontané que vous voulez bien
accorder au rimeur votre concitoyen. Dans notre
vie littéraire, semée de tant d'écueils et de tant de
chagrins, un si honorable témoignage de sympathie est bien précieux. Que de fâcheuses impressions il efface ! que de peines il fait oublier ! Il nous
est si doux d'espérer que notre nom éveille un écho
dans quelques cœurs amis! Le vôtre a voulu, Monsieur, que cet écho se prolongeât dans l'avenir et
qu'il redit encore mon nom aux habitants de ma
ville natale, alors que mes œuvres et moi nous au-
rons à jamais disparu. Grâces vous soient rendues
pour cette obligeante pensée. Croyez à ma profonde
gratitude et laissez-moi espérer que vous me per-
mettrez d'aller vous remercier de vive voix et du
fond du cœur, lorsque je pourrai revenir dans
notre chère ville du Havre. On a dit qu'un livre

est une lettre adressée aux amis inconnus qu'on a dans le monde ; je serai bien heureux d'aller chercher celui qui vient de se faire connaître à moi d'une façon si gracieuse.

Je charge mon ami, M. Morlent, de vous remettre cette lettre, Monsieur, et vous prie de recevoir l'hommage de toute ma reconnaissance pour tout le bonheur que je vous dois.

Je suis, etc.

ANCELOT.

Paris, le 24 août 1852.

Mon cher et excellent ami,

Chaque fois que je vous écris ce sont de nouveaux
remerciements qu'il faut que je vous adresse ; mais
il m'est doux d'être votre obligé et ma reconnaissance ne se lassera pas plus que vos gracieusetés.
J'ai reçu la *Revue* de dimanche et j'ai été très touché de l'article de M. Levillain(13). Je lui écris aujourd'hui même pour l'en remercier et j'espère que
ma lettre lui parviendra, bien que j'ignore sa demeure au Havre. Cette ignorance m'a engagé à
mettre dans le paquet que je vous envoie un exemplaire qui lui est destiné et que je vous prie de vouloir bien lui faire tenir. J'use et j'abuse de votre
obligeance, mon cher ami, car je vous institue le dis-
tributeur des exemplaires destinés à mes aimables
concitoyens. En ouvrant la première feuille, vous
trouverez les noms des différentes personnes auxquelles j'offre mon poème. Il y en a treize :
Mᵐ Morlent, Lemaistre (14), Levillain, Fingado,
Acher (15), Lamoisse (16), Toussaint (17), d'Houdetot (18), Auxcousteaux (19), Brindeau (20),
Cyriés (21) et *deux* exemplaires pour la Bibliothèque.

Pardon mille fois de la peine que je vous donne.

M. Levillain m'a envoyé deux numéros du
Courrier où était son article ; je désirerais vive-

ment en avoir encore quelques-uns et je vais les lui demander dans ma lettre de remerciement ; si vous le voyez, rappelez lui, je vous prie, ma supplique, ou transmettez la à M. Aucousteaux. Je tiens beaucoup à garder et à répandre ce gracieux et touchant souvenir.

Dès que le rapport sera tiré, je vous l'adresserai : il y a un peu de retard, parce qu'on attend le discours que *devait prononcer* M. de Salvandy et il est toujours absent. On a pris les devants pour mon affaire, mais vous recevrez l'ensemble aussitôt que le tout sera imprimé.

Au revoir, cher et excellent ami, de nouveau mille expressions de gratitude et d'affectueux dévouement.

Tout vôtre,

ANCELOT.

Paris, le 21 septembre 1852.

MONSIEUR ET EXCELLENT AMI,

Il y a bien longtemps, il me semble, que je n'ai reçu de vos nouvelles et que je ne me suis rappelé à votre bon souvenir. La dernière fois que je vous ai écrit, je vous accablais de mon importunité en vous priant de faire distribuer à un certain nombre de personnes les exemplaires de mon dithyrambe que je prenais la liberté de leur offrir : le paquet vous est-il parvenu et avez-vous eu la bonté de faire parvenir à chacun ce que je lui envoyais ? Je l'ignore complétement, car je n'ai aucune révélation de tout cela et s'il y avait eu erreur de la poste (ce qui est possible) je tiendrais à la réparer.

Nous parlons souvent de vous à l'Académie et des bons moments que nous avons dûs (sic) à votre aimable hospitalité. Pingard, l'aîné, qui se reproche de ne pas vous avoir encore écrit, mais qui en a été empêché par une surcharge de travail, m'a prié de vous dire qu'il ne tarderait pas à vous remercier de votre bon accueil, mais, en attendant, il n'a rien oublié de ce qu'il vous a promis. Déjà il a été décidé par l'Institut, sur sa demande, que la Bibliothèque du Havre recevrait les travaux de l'Académie française, et ceux de l'Académie des sciences morales, *passés et futurs* : la masse du passé vous sera prochainement expédiée et successive-

ment vous recevrez ce que produiront les susdites
compagnies. Quant aux médailles il vous les en-
verra dès qu'il sera réinstallé à l'Institut dans son
logement; il est, depuis le commencement de l'été,
établi dans la petite campagne de Rueil où il
couche tous les soirs.

Connaissez vous, cher et honorable ami, un
M. Borély (22), professeur d'histoire au collège du
Havre ? Il m'a fait l'honneur de m'adresser un
discours prononcé par lui à la distribution des prix
et je voudrais le remercier de cet obligeant envoi;
mais je ne sais pas s'il demeure au Havre et
j'ignore son adresse. S'il vous est connu, rendez-
moi le service de lui dire un mot d'actions de grâces
de ma part, vous m'obligerez beaucoup.

Il y a aussi un M. Varé (23) qui a bien voulu
m'envoyer des vers intitulés *Les Poètes du Havre*,
et je lui dois un remerciement ; mais c'est assez
difficile à tourner, car ses vers sont cruels ! Je
recule, je l'avoue, devant la nécessité de mentir
impudemment que m'impose la politesse ; forcer
un peu la vérité, déclarer bon ce qui est médiocre,
passe encore ! Mais remercier de pareilles élucu-
brations et se voir contraint de les louer, c'est
rude ! Faites-moi donc le plaisir de me dire ce que
c'est que M.Varé et pourquoi il fait de pareils vers.
Il y a tant d'occupations plus utiles !

Quand vous reverrai-je, mon bon et obligeant
ami ? Quand pourrai-je aller passer quelques jours
dans cette ville du Havre devenue pour moi si
gracieuse et si chère? Hélas, je l'ignore et ce n'est
pas le désir qui me manque. Je n'oublierai jamais

que c'est à vous, aux bons soins de votre amitié, que je dois ce retour un peu tardif de ma ville natale envers moi et j'en conserverai une éternelle et vive reconnaissance.

Veuillez donc en agréer la nouvelle expression, ainsi que les assurances de mon sincère attachement.

Votre bien dévoué,

ANCELOT.

9, rue de Lille.

Paris, le 24 septembre 1852.

Voici, mon cher et excellent ami, deux lettres que je vous envoie pour Mme Borély et Varé ; j'accepte votre offre et j'en profite en vous priant de leur faire tenir mes remerciements et congratulations.

Mme Ancelot vous remercie bien fort de vos bonnes intentions à son égard et elle sera bien heureuse quand la perruche blanche que vous lui destinez viendra se joindre à sa petite peuplade ailée. Les deux petits êtres emplumés que j'ai apportés du Havre se portent à merveille, et, en ce moment même, je les entends gazouiller dans le jardin, avec les autres encagés auxquels je les ai réunis.

Je regrette vivement que vous n'ayez pu faire le voyage qui m'aurait permis de passer avec vous quelques bons moments et je vous envoie, de nouveau, la sincère expression de mon plus affectueux dévouement.

Tout vôtre,

ANCELOT.

P. S. — Voudrez-vous bien *replier et cacheter* les deux lettres que je vous envoie ?   A.

Paris, le 17 novembre 1852.

MON CHER ET HONORABLE AMI,

J'apprends avec un vif plaisir la nouvelle forme
que vous donnez à la *Revue du Havre*. Appeler les
arts au secours de la pensée, plaire aux yeux en
même temps qu'à l'esprit, c'est se distinguer par
un double mérite, et je vous remercie pour ma ville
natale d'avoir entrepris cette noble tâche. Vous
n'avez point voulu que le Havre, qui marche si
glorieusement et au premier rang dans les voies
de la civilisation moderne, restât en arrière des
autres villes importantes de la France, et, grâce à
vous, les lettres, le dessin et la poésie, ces douces
et pures distractions des esprits occupés, vont y
trouver un asile dans votre *Revue*, qui, pour la
forme comme pour le fond, n'aura rien à envier,
je n'en doute pas, à toutes celles qui l'ont précédée.

Je vous félicite, mon excellent ami, de cette idée
qui sera féconde, j'en ai la conviction. Un honorable
succès ne peut manquer de couronner vos efforts,
et de vous récompenser de vos sacrifices, dans
notre chère cité, qui sait allier le goût des lettres
et des arts à ses graves préoccupations, et qui a
toujours eu, ainsi que je l'ai dit une fois :

De l'or pour le travail, des palmes pour la gloire.

Je m'estimerais bien heureux s'il m'était donné

de contribuer, pour si peu que ce fût, à la réussite de votre entreprise, et vous pouvez compter sur mon concours empressé, comme sur mon affectueuse sympathie. Veuillez accueillir avec indulgence et bonté, en attendant mieux, l'obole poétique que je vous adresse aujourd'hui.

Recevez, mon cher Morlent, etc.

ANCELOT,
de l'Académie française.

Voilà, mon excellent ami, la petite lettre *officielle* que vous avez désirée ; je souhaite qu'elle vous satisfasse. Je me hâte de finir pour copier la pièce de vers inédite que je vous adresse, car je voudrais que mon paquet partît aujourd'hui et il faut que je copie cela de façon à tenir le moins de place possible pour que le *port* ne vous coûte pas plus que les vers ne valent.

Cette pièce de vers est extraite de mon volume de poésies qui est sous presse et qui paraîtra prochainement chez l'éditeur Charpentier.

N'oubliez pas de dire cela dans le numéro où vous insèrerez les vers.

Je vous serre cordialement la main.

Tuus,

ANCELOT.

L'ANNIVERSAIRE [1]

STANCES

A Madame ***, née le 20 mars 1811, en même temps que le roi de Rome, fils de l'Empereur Napoléon.

20 mars 1851.

I

A pareil jour, alors qu'à la lumière
S'ouvraient vos yeux dans un simple réduit,
Un autre enfant commençait sa carrière
Dans les grandeurs, et le faste, et le bruit ;
De vos destins voyez la différence
A leur début, ainsi que dans leur cours :
Deux royautés naissaient ensemble en France,
L'une est tombée et l'autre vit toujours.

II

Dans son berceau, de l'empire du Monde
L'enfant royal put caresser l'espoir :
On promettait à sa race féconde
L'éternité d'un immense pouvoir !
Un jour, hélas, contre lui tout conspire,
Les éléments, les peuples et les cours !.....
Mais la *Bonté* ne perd point son empire,
Et vous du moins vous régnerez toujours.

III

Des souverains la majesté royale
A des soldats pour défendre ses droits ;
Et du combat vient l'heure fatale,
Prince et soldats, tout succombe à la fois !

---

[1] Cette pièce de vers a paru dans les *Poésies de M. Ancelot* ; Paris, Charpentier, 1857.

Mais la *Beauté*, par un doux privilége,
A son pouvoir enchaine les amours ;
Puis, après eux, l'amitié le protége,
Et vous du moins vous régnerez toujours.

IV

Que de chagrins se cachent près d'un trône !
Que de périls viennent l'envelopper !
Quand des flatteurs la foule l'environne,
Mille ennemis veillent pour le saper !
Un souffle abat l'orgueil de la naissance ;
Des pauvres rois les règnes sont bien courts !...
Mais à la *Grâce* on laisse la puissance,
Et vous du moins vous régnerez toujours.

V

Des potentats l'autorité chancelle,
Partout, dit-on, son prestige est détruit !
Mais s'il est vrai qu'en nous armant contre elle
A la nier chaque jour nous instruit.
L'esprit est roi, quoi qu'on fasse ou qu'on dise ;
Malgré les sots, les jaloux et les sourds,
Ce trône là, nul pouvoir ne le brise,
Et vous du moins, vous régnerez toujours.

VI

Le noble enfant, dont les jeunes années
Eurent jadis un sceptre pour hochet,
Vit au malheur les autres condamnées,
Car sous sa pourpre un serpent se cachait !
Courbant son front pâle et sans diadème,
C'est dans l'exil qu'il termina ses jours !...
Vous, au milieu du cercle où l'on vous aime,
Vous resterez pour y régner toujours.

ANCELOT
de l'Académie française.

Voilà, mon cher et excellent ami, quelques

stances inédites que j'extrais de mon prochain volume et que je vous envoie. Si votre numéro de janvier ne les dédaigne pas, prenez et imprimez. J'ai renoncé à publier les épigrammes dont je vous ai fait parfois confidence *inter scyphos et pocula*, parce que je n'ai pas trouvé un grand plaisir à faire de la peine aux gens qu'elles blesseraient et que, malgré le mal qu'ils m'ont fait, j'aime encore mieux rester leur débiteur que de m'acquitter ainsi. Je ne vous en enverrai donc point. Quelques pièces légères et inoffensives plairont peut-être à vos lecteurs et du moins elles ne feront de chagrin à personne. J'ai fait part de votre désir à Mme Ancelot ; elle y accédera très volontiers et je vais tâcher de remettre la main sur un très joli proverbe en trois actes écrit par elle et confié à quelqu'un qui ne le lui a pas rendu. Si nous le rattrapons, elle vous le donnera.

J'ai reçu votre bonne lettre et je vous en remercie. Je voudrais pouvoir vous remercier aussi du numéro de votre *Revue*, dont vous m'annoncez l'envoi, mais je n'ai encore rien reçu aujourd'hui 10 décembre. Je ne puis donc vous savoir gré que de l'intention et je vous avoue que cela ne me suffit pas pour me contenter. J'espère, en effet, aller vous voir l'été prochain, et ce sera, je vous l'assure, un grand plaisir pour moi que de passer quelques jours avec vous dans votre bonne ville du Hâvre.

Je n'avais pas ouï dire ici que le jeune Delavigne fit des vers. Il fera bien d'y prendre garde : le nom qu'il porte rend la tâche difficile.

Au revoir, cher ami, je vous serre cordialement la main.

Vale et ama !

N'oubliez pas mon numéro de la *Revue*, j'y tiens.

ANCELOT.

Paris, 10 décembre 1852.

Paris, le 6 décembre 1853.

MON CHER MORLENT,

J'avais promis de vous écrire si j'allais mieux ; je
ne vais guère mieux et je vous écris. Vous m'avez
laissé avec un vésicatoire et aujourd'hui j'ai *trois
cautères* sur l'estomac : vous voyez qu'il y a progrès.
S'il est vrai de dire que je souffre moins du mal,
je souffre en revanche beaucoup du remède ; y a-
t-il bénéfice ? Bref, j'ai passé un triste automne et
l'hiver sera plus triste encore ; tout travail m'est
interdit, je suis à peu près confiné dans ma chambre, saturé de morphine qui m'assoupit sans m'en-
dormir, condamné au plus sévère régime, mai-
grissant, dépérissant, et par dessus tout ennuyé,
mais ennuyé !... Dans un de ces moments de lourde
insomnie qui sont si longs à passer, j'ai rimé
l'histoire de ma maladie et de mon traitement. Je vous
l'envoie, quelque difficulté que j'éprouve à écrire,
car l'action d'écrire est une des plus contraires à
mon mal, et il faut que je prenne des précautions
de position, dont se ressent mon écriture, que peut
être vous ne pourrez plus lire, malgré les soins
auxquels je m'assujettis pour pouvoir tracer quelques lignes. Voici ma véraille de malade :

4

A la guérison qu'on m'annonce
Dès que je me crois en danger,
Mes amis, voici ma réponse,
Ai-je tort ?... A vous d'en juger !
Quand je livrai ma gastralgie
Au docte desservant d'Hygie
Dont l'art devait me soulager,
Quoi qu'aux remèdes fort docile
Je pouvais aller par la ville,
Manger peu, mais enfin manger !...

Au bout d'un mois, une ordonnance
M'imposa sévère abstinence :
Des remèdes sublime effet !
Puis une rare promenade
Fut permise à peine au malade,
Tant de son mal on triomphait !...
Bientôt, vers la fin de novembre,
De ma demeure et de ma chambre
J'ai dû ne plus franchir le seuil !...
Alors, maigre et pâle squelette,
J'étale une vie incomplète
Dans un large et moëlleux fauteuil !

Du docteur la voix souveraine
Maintenant dans mon lit m'enchaîne,
Tout en disant que j'ai bon œil !...
De ces progrès je dois conclure
Qu'avant peu, pour finir la cure
On me clouera dans un cercueil.

Si vous pensez, cher ami, à pouvoir faire usage de
cela pour votre *Revue* de dimanche prochain, à
votre aise : ce sera une occasion de me rappeler au

souvenir de mes chers concitoyens, comme c'en
est une pour moi de me rappeler au vôtre.

Je vous serre cordialement la main.

Vale et ama !

ANCELOT.

Sincères amitiés à tous ceux qui veulent bien ne
pas m'oublier.

Si vous vous servez de ma véraille, envoyez-moi
le numéro du journal. Je n'en ai pas reçu un seul
depuis six mois.   A.

Château de la Garenne, près d'Agen, le 3 août 1854.

MON CHER ET HONORABLE AMI,

Il y a trois mois passés que je suis dans le Midi où les médecins m'ont envoyé chercher une santé que je n'y ai pas trouvée. Lorsque le docteur Lecadre (24) me remit votre lettre, j'étais bien souffrant et sa visite précéda de peu mon départ ; le bon docteur Desjardins (25) qui, depuis, a vu Mme Ancelot à Paris, a dû vous apprendre que j'étais à deux cents lieues de mes foyers. Malheureusement je n'y suis guère mieux portant que je ne l'étais. Si je n'ai plus ces violentes crises de douleurs nerveuses qui m'écrasaient, j'ai une atonie universelle, un affaissement général, un abattement intellectuel et physique, qui me rendent incapable de quoi que ce soit, étranger à tout, indifférent aux choses qui me devraient intéresser. Plus un désir, une envie, de goût, ni d'appétence pour rien ! Végéter étalé dans un fauteuil, ou dormir dans mon lit, voilà mes seuls plaisirs et les seules occupations auxquelles je puisse m'appliquer. Ma faiblesse est telle que c'est à peine si je puis tracer quelques lignes pour me rappeler à votre mémoire et vous expliquer mon silence involontaire.

Je n'ai pourtant pas été indifférent, mon cher et bon Morlent, à la nouvelle de la destruction des absurdes fortifications de ma ville du Havre, non plus qu'aux destinées futures qui semblent lui être promises en ce moment ; mais je doute que Rouen en soit aussi charmé que moi.

Si Dieu me prête vie et santé, j'irai, l'année prochaine, visiter tous ces travaux et je serai bien aise de voir, grâce au comblement des fossés et à l'enlèvement des glacis, la ville nouvelle où se trouve la rue qui porte mon nom rattachée à notre vieille ville.

Voilà mes yeux qui se troublent et mes pauvres doigts qui se raidissent, je ne peux plus que vous serrer cordialement la main et vous prier d'être l'interprète de mes sentiments affectueux près de nos amis MM. Levillain, Toussaint, d'Houdetot, Desjardins, Lecadre et tous ceux qui veulent bien se souvenir de moi.

Mille bonnes amitiés !

ANCELOT.

Si vous pouviez glisser quelques lignes dans le journal sur l'état de ma santé et sur mon voyage *sanitaire* dans le midi, il me ferait plaisir d'être ainsi rappelé à la mémoire de mes concitoyens.

Je n'ai jamais reçu le numéro du journal où vous m'annonciez qu'il devait être question de mon horrible portrait.

Monsiëur,

J'aurais voulu répondre plus vite à votre lettre mais, depuis longtemps malade, le coup qui m'a frappée m'a tellement accablée que je n'ai eu la force ni d'écrire ni de penser.

Pourtant ce serait une consolation pour moi que les témoignages d'estime et de sympathie qui seraient donnés à M. Ancelot par ses compatriotes et je vous remercie du fond du cœur de ce que vous ferez et ferez faire pour cela.

Je voudrais bien, Monsieur, vous donner quelque chose pour une biographie exacte et sérieuse, mais j'ai l'esprit bien troublé et je n'ai pas encore pu chercher si M. Ancelot a laissé quelques vers inédits, je ne le crois pas. Ses derniers travaux ont été une vie de Châteaubriand et une vie de Talleyrand. Ces deux ouvrages sont considérables, faits avec un grand soin et pleins de choses et d'idées.

Voici le discours que M. Patin (26) a publié sur sa tombe.

Soyez assez bon, Monsieur, pour me dire ce qu'il faudrait faire pour vous aider à obtenir pour M. Ancelot les mêmes honneurs que pour son émule M. Casimir Delavigne.

Si vos affaires vous amenaient à Paris, je serais

bien charmée d'avoir l'avantage de causer avec
vous car, par lettre, il est difficile de s'entendre sur
bien des points.

Courage, Monsieur, dans la noble tâche que vous
vous êtes donnée d'honorer vos compatriotes.
Ce sera un bienfait qu'ils vous rendront et qui sera
un titre à la reconnaissance de tous.

La mienne, celle de ma fille et de M. Lachaud,
(27) mon gendre, vous est bien acquise et se joint
à la haute considération avec laquelle je suis

Virginie ANCELOT.

Paris, 18 septembre 1854.

48

MONSIEUR,

La notice de M. Saintine, (28) dans le Panthéon littéraire, et le discours de M. Patin, sont ce qu'il y a de mieux pour aider à la biographie de M. Ancelot.

L'Académie dans sa séance de jeudi 2 novembre, a voté aussi, comme le conseil municipal, l'érection du buste de M. Ancelot pour une de ses salles. M. Gayrard (29) qui a fait il y a quelques années un très beau portrait de M. Ancelot, dont il a gardé un moule, sera chargé de l'exécuter.

M. Ancelot est parti d'Agen le vendredi 11 août, par le bateau à vapeur qui l'a conduit à Bordeaux ou il s'est reposé le samedi, puis il en est parti le dimanche 13 août par le chemin de fer l'*Express* qui ne s'arrête pas et qui l'a conduit à Paris dans la même journée; il est arrivé chez lui à onze heures et demie du soir, alors il ne me sembla pas aussi malade que je le craignais; un peu excité par la route, il parlait vivement et paraissait tout joyeux de se trouver au milieu des siens et chez lui. Il avait craint de ne pas revenir.

Les jours suivants, il devint plus faible. Cependant le jeudi il fut à l'Académie où les témoignages d'intérêt et d'amitié de tous ses confrères le touchèrent jusqu'aux larmes.

Il essaya encore d'y retourner les deux jeudis qui

suivirent, mais il n'en eut pas la force. A partir de
la troisième semaine il ne put quitter sa chambre
ni même son lit. Il s'éteignit sans souffrances vives
le jeudi sept septembre à six heures et demie du
matin.

Voilà, Monsieur, les tristes détails que vous me
demandiez. Recevez aussi tous mes remerciements.
Ce qui sera fait pour rendre hommage à sa mémoire
m'inspirera une éternelle reconnaissance.

Agréez, Monsieur, l'expression de ma considération distinguée.

Veuve ANCELOT.

Ce 5 novembre 1854.

P.-S. — Une de nos amies, Mme Aglaé de Corday, a fait des vers à la mémoire de M. Ancelot.
Je ne les ai pas lus. Elle compte vous les adresser,
et dans le cas où il vous conviendrait de les mettre
dans votre journal, cela lui ferait grand plaisir.

On a dû, Monsieur, souscrire à votre ouvrage
pour la famille, j'ajoute encore pour moi quelques
exemplaires.

Voici la pièce de vers dont il est question à la fin de la lettre précédente :

A la mémoire de M. Ancelot

Vers dédiés aux Habitants du Havre (1)

Sol natal qu'il aimait, que mes rimes plaintives
Aillent porter son nom aux échos de vos rives.
Vous qui tressiez pour lui des palmes et des fleurs
Du poëte chantez le beau nom littéraire.
Hélas ! moi je n'ai rien pour son lit funéraire
Que ma reconnaissance, et mes vers, et mes pleurs.

Qu'à ton front seyait bien la palme académique !
Cher poëte endormi dans l'ombre du trépas,
Toi, poëte chéri de la muse tragique .
Voici les premiers vers que tu n'entendras pas
De celle que toi-même appelais ton élève ;
Mais mon chant commencé dans les larmes s'achève.

Puis-je donc te payer le prix de tes leçons,
Moi, faible qui ne sais que rimer des chansons ?
Non, à d'autres le soin de parler de ta gloire !
Le Havre où tu naquis, honorant ta mémoire,
De son troisième cygne au chant mélodieux
Veut consacrer les traits par un marbre pieux.

---

(1) Cette poésie figure dans le second volume des *Fleurs neustriennes* de Mme Aglaé de Corday. 1857, page 365.

C'est bien ! trois fois honneur à cette noble ville
Qui, foyer du commerce, aux arts offre un asile,
Et pourrait envoyer au bout de l'univers.
Comme œuvre de ses fils, jusques à de beaux vers ?

Ami, lorsqu'en ces murs, de *Paul et Virginie*,
Des *Enfants d'Edouard*, tes vers pleins d'harmonie
Célébraient les auteurs, le Havre avec raison,
A leurs grands noms, tout bas, associait ton nom ;
Aujourd'hui que la mort a levé la barrière
Qui te séparait d'eux, ta ville tout entière,
            Hautement fière de son lot,
            Inscrit sur la même bannière
      Trois noms : Bernardin de Saint-Pierre
            Delavigne, Ancelot.

                        Aglaé de CORDAY.

Monsieur,

Ayant appris, par M. Adolphe d'Houdetot, que vous aviez si bien accueilli les vers que j'eus l'honneur de vous adresser sur la mémoire de M. Ancelot, qu'aujourd'hui, Monsieur, j'ose vous prier d'accepter un volume pour lequel je vous demande une grande indulgence.

La 2ᵉ pièce est dédiée à mon pauvre maître, cette pièce est inconnue du public. Si vous la trouviez digne de voir le jour, Monsieur, ne serait-ce point aux habitants du Havre qu'il appartiendrait de la connaître les premiers, puisqu'elle est une marque de reconnaissance d'une élève à leur poète? Donc, s'il vous était agréable de la publier, je la mets à votre disposition. Ce bon Ancelot ne l'a connue que 2 mois avant sa mort — mon volume sort de l'imprimerie — j'avais eu l'idée de la faire imprimer sur une feuille à part. Il l'a reçue dans le midi, très malade déjà.

Monsieur d'Houdetot a bien voulu m'écrire, Monsieur, que vous auriez la bonté de m'envoyer un exemplaire de votre ouvrage sur M. Ancelot. Croyez bien que je le recevrai avec autant d'empressement que de reconnaissance, veuillez en être persuadé, Monsieur, ainsi que des sentiments

distingués avec lesquels j'ai l'honneur d'être votre
très humble servante,

Aglaé de CORDAY (1).

12 janvier 1853. Au Baudry, près Verneuil (Eure).

Ma lettre pour M. d'Houdetot étant cachetée,
voulez-vous me permettre, Monsieur, de vous
adresser cette question.

M. de Corday, mon mari, était au banquet de la
Saint-Hubert 1852, à la droite de Jules Gérard (30).
Un monsieur, placé à la gauche de Gérard, fut
très aimable pour M. de Corday, en daignant
lui dire les choses les plus flatteuses sur des vers
adressés par moi à Gérard ; ce Monsieur ne
serait-il point Monsieur d'Houdetot ?

M. de Corday ne put me dire le nom de ce convive.

(1) Cette lettre fait partie du recueil d'autographes dont nous
avons parlé au commencement de ce travail. Adressée à Joseph
Morlent, nous avons cru devoir la publier.

LETTRES

DE

JULES JANIN

MONSIEUR,

J'ai bien des actions de grâce à vous rendre pour le beau livre que vous m'avez fait l'honneur de m'adresser. Je viens de le lire et il est impossible de mieux comprendre un plus beau pays que le vôtre. C'était d'ailleurs une si belle histoire à écrire! Vous l'avez écrite en historien et en poète et en artiste; j'emporte votre livre et je vous assure qu'il sera placé dans ma bibliothèque sur les premiers rayons, comme un souvenir de l'hospitalité du Havre, si rempli de bonheur et d'esprit.

Croyez-moi bien, je vous prie, tout à vous.

J. JANIN.

16 juillet 1840.

Monsieur Morlent.
rédacteur de la Revue du Havre, au Havre.

MONSIEUR ET CHER CONFRÈRE,

J'ai reçu les deux bonnes lettres que vous m'avez
fait l'honneur de m'écrire, et j'ai profité de vos
bonnes indications. Notre souscription pour le
monument que vous érigez, va bien, mais lentement. Nous avons déjà près de cinq mille francs,
en caisse, et c'est plus que le Havre (sans reproche) n'a pu réunir. Surtout ce qui nous a été très
pénible, ça a été d'apprendre que la ville dans laquelle est né le poète que nous honorerons, ne don-
nait pas une obole (municipalement parlant) pour
cette statue méritée. M. Vatout, le président de
la Commission a dû en écrire à M. le Maire du
Havre. Quoiqu'il en soit, Casimir Delavigne aura
sa statue, grâce à votre bel et bon travail, grâce
au zèle de quelques braves gens comme vous qui
ont conservé le zèle, la reconnaissance et le dévouement de l'amitié.

Vous savez que l'autre jour, dans mon triste
procès, l'avocat de mon accusateur m'a adressé
entr'autres reproches le reproche d'avoir sollicité,
d'avoir *mendié* l'honneur de faire partie de la
Commission pour le monument de M. Casimir
Delavigne ? — Voilà un des grands crimes que l'on

m'adresse ! D'abord je ne vois pas où serait le
crime, et ensuite il me semble que vous, Monsieur,
plus que personne, vous pourriez attester que
c'est vous qui êtes venu avec M. Germain Delavigne, chez moi, pour me parler de ce devoir à
remplir. J'ai accepté cette noble tâche avec
joie, mais l'idée est venue de vous et de M. Germain Delavigne ! — Voyez si cela vous déplaît de
m'écrire une lettre qui atteste combien j'ai mis
de dévouement en tout ceci, et combien peu de
faste et de vanité ! — Ces gens-là sont si furieux
qu'ils en deviennent maladroits. — Dans le cas où
vous me répondriez à ce sujet, répondez-moi
courrier par courrier, je vous prie; il est nécessaire
que M. Chaix d'Est-Ange (32), mon digne, mon
admirable avocat, soit édifié à ce sujet.

Bonjour, Monsieur, bonjour. — Vous savez
combien je suis tout à vous.

Jules JANIN.

Lundi, 28 juillet 1844.

NOTES

DELAVIGNE *(*Casimir*).* Célèbre poète et auteur dramatique, né au Havre, (1793-1843). Il se fit connaitre en 1811 par un dithyrambe sur la naissance du roi de Rome. La double invasion de 1814 et de 1815 lui inspira les *Messéniennes,* qui le firent nommer bibliothécaire de la chancellerie. Il aborda alors le théâtre, et donna *les Vêpres siciliennes, les Comédiens, le Paria, l'Ecole des Vieillards,* qui est son chef-d'œuvre. Cette pièce lui ouvrit l'Académie, 1825-1830 et lui inspira *la Parisienne* et *la Varsovienne,* mais il se remit au théâtre : *Louis XI* et *les Enfants d'Edouard* sont un essai de conciliation entre le classique et le romantique. Il a donné encore : *Don Juan d'Autriche, la Fille du Cid,* etc.

DELAVIGNE (Germain*).* Né à Giverny (Eure). 1790-1868, frère du précédent, a été l'un des premiers et des meilleurs collaborateurs de Scribe. Il a écrit avec son frère l'opéra de *Charles VI,* etc.

ANCELOT (Jacques-Arsène-François-Polycarpe). 1794-

62

1854. Auteur dramatique, né au Havre, mort à Paris; appartint
d'abord à l'administration de la marine. En 1819, le succès
éclatant de sa tragédie de *Louis IX* lui valut la faveur de
Louis XVIII et une pension de deux mille francs. Il donna
ensuite diverses autres pièces et un poème en six chants,
Marie de Brabant. Il fut privé de sa pension par la Révolution
de 1830 et de sa place de bibliothécaire à l'Arsenal. Un moment fut directeur du Vaudeville. Sa tragédie *Maria Padilla*
le fit entrer en 1841 à l'Académie Française. Une édi-
tion de ses œuvres complètes a été publiée en 1857.

ANCELOT (Marguerite-Louise-Virginie *Chardon*, dame).
1791-1875, femme d'Ancelot, née à Dijon, morte à Paris.
. Mariée en 1818, elle collabora à plusieurs des pièces de son
mari et en écrivit seule plusieurs, parmi lesquelles on remar-
que comme son chef-d'œuvre, *Marie ou Trois époques* (1836).
Elle a écrit aussi plusieurs romans et une étude sur la société
parisienne. Son salon, qui était fréquenté par les hommes les
plus distingués de son temps, est demeuré célèbre.

JANIN (Jules-Gabriel). Critique et romancier, né à Saint-
Etienne (1804-1874) ; devenu rédacteur au *Figaro* en 1825, il
écrivit dans la *Quotidienne*, fut l'un des fondateurs de la *Revue
de Paris*, du *Journal des Enfants*, et publia son premier roman,
qui fit sensation, l'*Ane mort et la Femme guillotinée*, 1829 ;
l'année suivante, il donna *la Confession*. Bientôt il entra au
Journal des Débats pour rédiger le feuilleton théâtral ; il y
régna en maître, en *Prince de la critique*, comme il se nomma
lui même, et jusqu'à sa mort il conserva le sceptre de la critique théâtrale. Il a écrit de nombreux ouvrages parmi lesquels nous citerons : *Histoire de France servant de texte expli-
catif aux galeries historiques de Versailles ; Versailles et son musée
historique ; la Normandie historique, pittoresque et monumentale;
la Bretagne historique*, plusieurs romans, *Contes fantastiques,
Contes littéraires, Contes nouveaux, les Catacombes, la Religieuse*

de *Toulouse, Clarisse Harlowe*, etc., etc. Il a écrit dans beaucoup de journaux, composé un grand nombre de préfaces,
de notices ; il a réuni, sous le titre pompeux d'*Histoire de la
littérature dramatique*, ses principaux feuilletons. Il fit partie
de l'Académie française peu de temps avant sa mort.

(1) Il nous a paru utile, en raison des détails qu'elles con-
tiennent et de nature à intéresser le lecteur, de joindre aux
lettres de Casimir Delavigne,les cinq lettres qui suivent,écrites
par sa veuve et par son frère Germain. Il ne nous appartenait
pas, du reste, de les distraire du recueil d'autographes dont
elles font partie.

(2). LACORNE (Alexandre),maire de la ville du Havre,du
26 fructidor, an V, au 1er floréal, an VII, mort le 20 mars
1833,laissant deux fils : Alexandre, avocat comme son père et
membre du Conseil municipal, décédé en 1877, et Victor,
qui mourut vers 1882. C'est probablement du premier dont
il est question.

(3) LALLEMANT, docteur en médecine au Havre. Ami
d'Ancelot à qui il donna ses soins.

(4) SALVANDY (Narcisse-Achille, comte de). Né à Con-
dom,(1795-1856),fit les campagnes de Saxe et de France, fut
admis dans la maison militaire de Louis XVIII, et publia trois
brochures politiques pendant les Cent-Jours. Nommé maître
des requêtes, 1819 ; il devint conseiller d'Etat en 1828,
député en octobre 1830. Il fut l'un des plus intrépides sou-
tiens du parti de la Résistance ; il écrivit alors *Vingt mois, ou
la Révolution de 1830 et les révolutionnaires* ; *Paris, Nantes et la
session* ; puis devint ministre de l'instruction publique en 1837.
Ambassadeur en Espagne, 1841, à Turin, 1843 ; de nouveau
ministre de l'instruction publique en 1845, il fonda l'école
d'Athènes. On lui doit de nombreux articles dans les *Débats*
et plusieurs travaux d'histoire. Membre de l'Académie Française en 1835.

(5). FÉRET (M^llo). De son véritable nom, Féray, fille de notables commerçants du Havre, dont la maison existait vers 1836.

(6). RÉGNIER de la BRIÈRE (François-Joseph-Pierre). Acteur français, né à Paris, 1807-1885. Entré à l'Ecole des Beaux-Arts comme élève-architecte il ne tarda pas à en sortir pour débuter au théâtre de Montmartre ; il joua ensuite en province, puis au Palais-Royal, et enfin entra en 1831 à la Comédie-Française, dont il devint sociétaire en 1835. Il fut, pendant plus de quarante ans, un des plus remarquables comédiens de ce théâtre, dans lequel il créa ou reprit deux cent cinquante rôles. Régnier prit sa retraite en 1872, et fut nommé directeur de la scène, puis directeur général des études à l'Opéra. Il était depuis 1854, professeur au Conservatoire. On lui doit deux comédies : *la Joconde*, en collaboration avec Paul Foucher, et le *Chemin retrouvé*, avec L. Leroy.

(7). CHEVALIER (Michel). Economiste français, né à Limoges (1806-1879). Admis à l'Ecole polytechnique, puis à l'Ecole des mines, il la quitta pour être ingénieur civil. Séduit par jes théories de Fourier et de Saint-Simon, il devint un des plus ardents partisans du père Enfantin, puis cardinal de l'Eglise saint-simonienne et fut condamné à un an de prison comme gérant du journal *Le Globe*. Chargé par Thiers d'une mission en Amérique, il publia à son retour des *Lettres sur l'Amérique du Nord*, devint successivement conseiller d'Etat, professeur d'économie politique au collège de France, et député. Libre-échangiste, avant tout, il combattit les théories de Louis Blanc, en 1848, et eut la plus grande part à la conclusion des traités de commerce de 1860. Nommé sénateur, Chevalier a laissé de nombreux volumes, brochures, articles de journaux et de revues sur diverses questions d'économie politique et sociale.

(8). FINGADO, de la maison Albrecht, était à cette époque directeur de la Société des terrains.

(9). BONIFACE, rédacteur en chef du *Constitutionnel*, journal parisien.

(10). PINGARD, secrétaire de l'Académie française.

(11). MUSSET (Alfred de). L'illustre poète et auteur dramatique français est assez connu pour que nous nous dispensions de donner sur lui quelques notes biographiques.

L'auteur des *Nuits*, avait pour le Havre une prédilection marquée. Il y passait la plus grande partie de l'été. Ce fut à un de ses voyages dans cette ville qu'il fit la connaissance de Joseph Morlent, qu'il estima beaucoup pour son amabilité et la bienveillance de son caractère. Nous aurions voulu retrouver le compte-rendu de Musset à l'Académie, dont il est parlé à la fin de cette lettre et dans lequel il mentionnait le nom du littérateur beaunois. Malgré toutes nos recherches nous n'avons pu y arriver, Alfred de Musset, ainsi qu'on le lira ci-après, n'ayant point remis son manuscrit au bureau de l'Académie.

« Inauguration des statues de Bernardin de Saint-Pierre et de Casimir Delavigne au Havre, le lundi 9 août 1852.

Discours de M. Alfred de Musset, chancelier de l'Académie.

Extrait du procès-verbal de la séance ordinaire de l'Académie du jeudi, 12 août 1852.

Le secrétaire perpétuel donne communication d'une lettre particulière dans laquelle M. de Salvandy, délégué pour assister à l'inauguration des statues de Bernardin de Saint-Pierre et de Casimir Delavigne, dans la ville du Havre, exprime un vif regret de l'indisposition qui l'a retenu et ne lui a pas permis de se rendre à cette solennité, où il se proposait de prendre la parole.

L'Académie, qui avait fort regretté cet obstacle et l'absence

66

de M. de Salvandy exprime l'intention de faire publier le discours que M. de Salvandy avait préparé.

M. Alfred de Musset lit une très courte relation du voyage de MM. les délégués et de la réception si affectueusement honorable qui leur a été faite dans la ville du Havre; (ce manuscrit n'a pas été remis par M. Alfred de Musset au bureau de l'Académie).

Sur l'invitation de M. le Président, M. Ancelot récite la pièce de vers sur Bernardin de Saint-Pierre et Casimir Delavigne qu'il a lue en public à la solennité célébrée dans la ville du Havre.

M. Pingard, père, accompagnait la députation. »

Gustave Claudin, dans *Mes souvenirs*, *Les boulevards de 184 · à 1871* (Paris, Calmann-Lévy, 1844, in-8°), écrit ces lignes sur le voyage de Musset au Havre :

« Alfred de Musset me fit aussi l'honneur de me rendre visite à Rouen. Il avait été au Havre, délégué par l'Académie française pour prendre la parole à l'inauguration de la statue de Casimir Delavigne. Le jour de la cérémonie il n'avait pas commencé son discours, et affirmait à M. Pingard qu'il ne savait qu'écrire sur Casimir Delavigne, dont le talent ne lui disait rien. Enfin il dut se résigner. Pingard lui donna une feuille de papier de l'Institut, ornée de la tête de Minerve, et il composa quelques lignes. A son retour du Havre il s'arrêta à Rouen.....

(12). Les lettres de Mme Ancelot à Joseph Morlent offrant un vif intérêt pour les détails qu'elles donnent sur le célèbre poète et ses derniers moments, nous avons pensé qu'elles devaient trouver place dans ce recueil. Elles montrent de plus que notre concitoyen travaillait à l'érection d'un monument à Ancelot, comme il l'avait fait quelques années avant pour Casimir Delavigne.

(13) LEVILLAIN, avocat, puis juge suppléant, enfin prési-

dent du tribunal de première instance du Havre. A failli devenir garde des sceaux sous Napoléon III.

(14). LEMAISTRE (Adrien), notable commerçant, fut maire du Havre de 1831 à 1848.

(15). ACHER (J.-B.-A), notable commerçant et conseiller municipal.

(16). LAMOISSE. Commissaire du gouvernement près les docks du Havre, en 1863.

(17). TOUSSAINT (Victor Armand). Né au Havre, le 21 novembre 1813, avocat, douze fois bâtonnier de l'ordre, vice-président de la commission administrative du Mont-de-Piété, ordonnateur du bureau de bienfaisance, auteur de nombreux ouvrages juridiques et historiques, collaborateur à la *Revue de Rouen*, aux *Archives du Havre*, à la *Revue du Havre* et au *Courrier du Havre*.

(18). HOUDETOT (César-François-Adolphe, comte d'). 1799-1869. Administrateur et écrivain. Après avoir suivi la carrière militaire de 1820 à 1830, il devint receveur particulier au Havre. C'est lui qui présida, en 1848, à l'embarquement de Louis-Philippe. Il inventa le *canon porte-amarre* pour envoyer, aux navires en détresse, des amarres qui les mettent en communication avec la terre.

On doit au comte d'Houdetot, *Huit jours d'une royale infortune* (récit de la fuite de Louis-Philippe); *Le chasseur rustique; Le tir au fusil de chasse, à la carabine et au pistolet; Galerie des chasseurs illustres; les femmes chasseresses* et *Dix épines pour une fleur*, un ravissant petit recueil de maximes.

(19). AUXCOUSTEAUX. Rédacteur au *Courrier du Havre*, puis commissaire de l'émigration. Compris dans l'affaire du *Chandernagor* (colonisation de Port-Breton), il a comparu en justice à côté du marquis de Rays. A été acquitté, sa bonne foi ayant été hors de doute.

(20). BRINDEAU (Gustave). Rentier qui fut adjoint au maire du Havre. Père de M. Louis Brindeau, député actuel.

(21). CYRIÈS (Alexandre). Maire de Graville et frère de J.-B. Cyriès, géographe et traducteur de nombreux ouvrages de voyages.

(22). BORÉLY(Edmond).Professeur d'histoire au lycée du Havre, puis archiviste de la ville et auteur de la meilleure histoire du Havre et de son ancien gouvernement (1880-1885), 5 vol. in.-8º. M. Borély est décédé il y a quelques années.

(23). VARÉ. Personnage inconnu sur lequel nous n'avons recueilli aucun renseignement.

(24). LECADRE (Arthur-Aimé). Né à Nantes, en 1803, prit le grade de docteur en médecine, puis vint se fixer au Havre. Il était vice-président du Conseil d'hygiène et de salubrité de l'arrondissement. Il fut aussi un des fondateurs de la *Société havraise d'études diverses,* et mourut président de cette association en 1883. A laissé plusieurs ouvrages de médecine estimés.

(25). DESJARDINS. Docteur-médecin au Havre qui a laissé un excellent souvenir parmi ses concitoyens.

(26). PATIN (Henri-Joseph-Guillaume). (1793-1876). Professeur et littérateur né et mort à Paris. Il enseigna la rhétorique au collège Henri IV, suppléa ensuite M. Villemain à la Sorbonne (1830) et y devint, en 1833, professeur de littérature latine. Membre de l'Académie française (1842) et secrétaire perpétuel (1871). Doyen de la Faculté des Lettres de Paris (1865). On cite ses *Etudes sur les tragiques grecs,* et ses *Etudes sur la poésie latine.*

(27). LACHAUD (Charles-Alexandre). Avocat, né à Treignac (Corrèze), 1818-1882 ; inscrit au barreau de Tulle, mis en lumière par le procès de Mᵐᵉ Lafarge, il se fit, à Paris, la première place parmi les avocats de cour d'assises, et plaida avec succès un grand nombre de causes célèbres.

(28) SAINTINE (Joseph-Xavier *Boniface* dit). 1798-1865. Romancier et auteur dramatique, né et mort à Paris, donna sous le pseudonyme de Xavier, soit seul, soit en collaboration avec Scribe, Duvert, Ancelot, Carmouche, etc., près de deux cents vaudevilles, comédies ou drames. Le petit roman de *Picciola* fit sa réputation.

(29). GAYRARD (Joseph-Raymond-Paul). Sculpteur, né à Clermond-Ferrand, élève de son père, de F. Rude et de David d'Angers. Le Musée du Havre a de lui une jolie statue en marbre, de *Madeleine repentante*, et un buste d'Ancelot, également en marbre.

(30). GÉRARD (Cécile-Jules-Basile), dit le *Tueur de lions*. (1817-1864). Officier et écrivain, né à Pignans (Var). Noyé au Sénégal. Il a laissé le récit de ses chasses en Afrique.

(31). VATOUT (Jean). 1792-1848. Littérateur et homme politique, né à Villefranche (Rhône), mort à Claremont (Angleterre). Bibliothécaire (1822) du duc d'Orléans (depuis Louis-Philippe), député (1830-1848), conseiller d'Etat; membre de l'Académie française. Après la révolution de février, il suivit la famille royale dans l'exil.

(32). CHAIX-D'EST-ANGE (Gustave-Louis-Adolphe-Victor-Charles). Célèbre avocat et homme politique français, né à Reims, (1800-1876), se fit connaître dans le procès des quatre sergents de la Rochelle, l'affaire Cauchois-Lemaire, etc. Il établit sa réputation par de grandes affaires d'assises, et fut bâtonnier de l'ordre des avocats, (1842-1844). A la suite de l'affaire Pescatore, (1856-57), il fut nommé procureur-général près la cour de Paris. Ses concitoyens l'envoyèrent à la Chambre des députés en 1831, en 1837 et en 1844. Nommé sénateur en 1862, il devint vice-président du Conseil-d'Etat

70

en 1863. Il a pris part à plusieurs grandes discussions politiques, mais n'eût jamais comme orateur le succès qu'il obtint
comme avocat.

FIN

Liste des noms cités

Beaune. — Imp. Arthur Batault